週に一度
〜ふたりの時間、言い訳の五千円
羽田宇佐
USA HANEDA
イラスト／U3

Contents

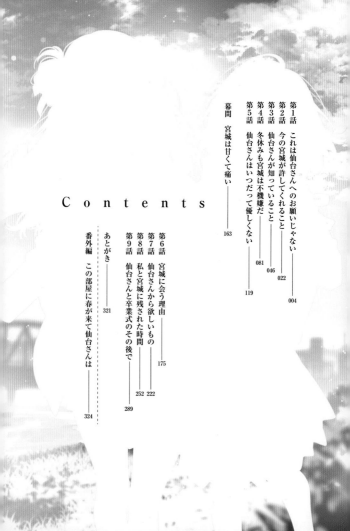

「宮城、この手は？」
——仙台さんが私の隣で眠っている理由。
ために敷いた布団に私が自ら入って眠ったからだ。

「……葉月」
「ん——」
それは、彼女の

週に一度クラスメイトを買う話4

～ふたりの時間、言い訳の五千円～

羽田宇佐

ファンタジア文庫

3401

口絵・本文イラスト　Ｕ３５

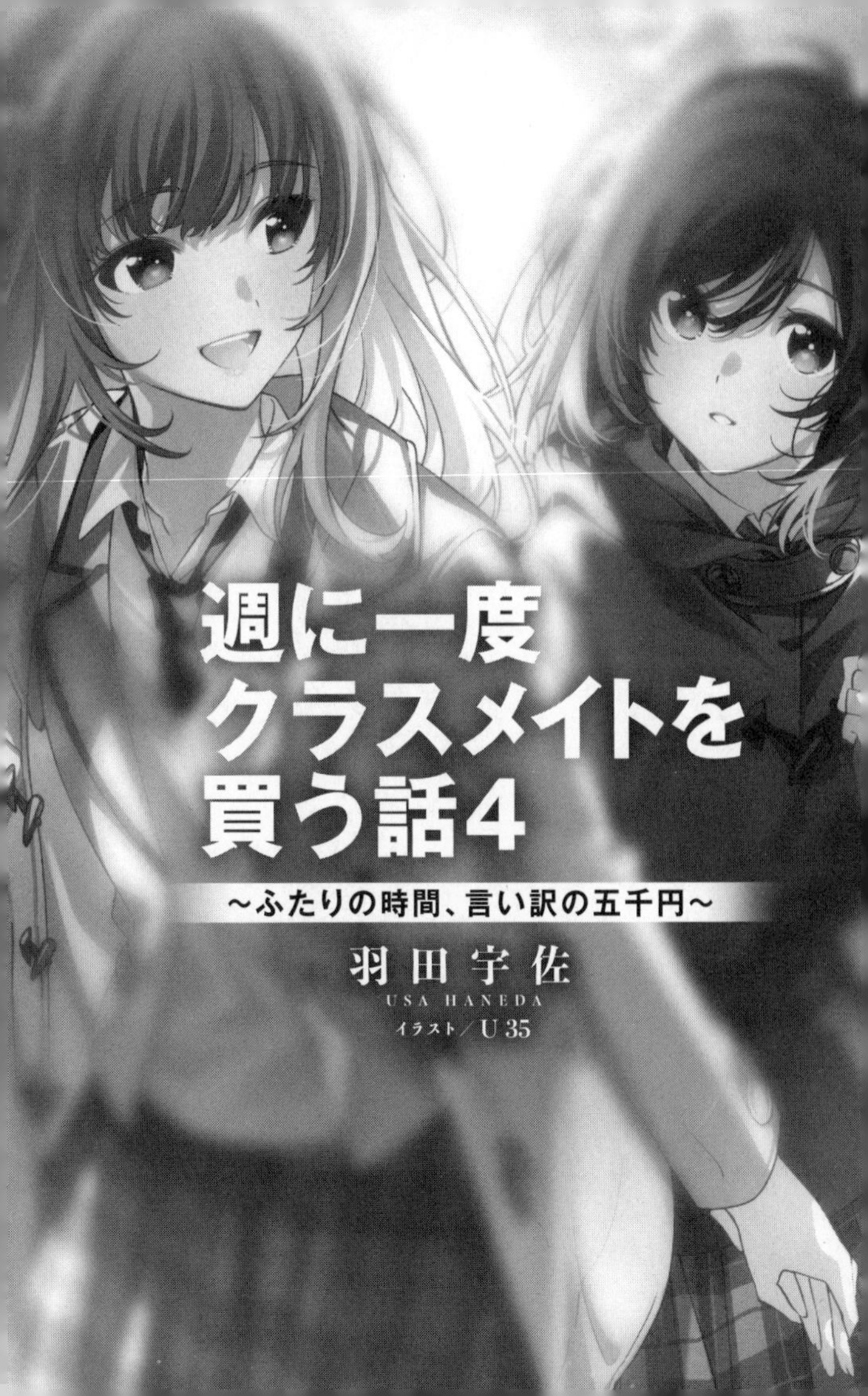
週に一度
クラスメイトを
買う話4
～ふたりの時間、言い訳の五千円～
羽田宇佐
USA HANEDA
イラスト／U35

第1話　これは仙台《せんだい》さんへのお願いじゃない

十二月になったからといって、なにかが劇的に変わるわけじゃない。

相変わらずテストがあるし、私は仙台さんをこの部屋に呼び続けている。

今日も彼女は私の命令をきいて、今月の初めにあった期末テストの結果を聞かずに帰っていった。

だから、仙台さんは私のテストの結果が想像以上に良かったことを知らない。彼女にテストの結果を知ってほしいわけではないけれど、中間テストのときは結果を見せろと言ってきたのに期末テストはまったく聞いてこないというのは面白くない。

そもそも私を音楽準備室に呼び出してまで大学の話をしてきた仙台さんが、期末テストの結果には触れてこないことに違和感がある。彼女は私が受ける大学を知りたがったり、同じ大学を受けろと言ってきたりしたのだから、少しは結果を気にしないとおかしい。同じ大学か近くの大学に行って、一緒にご飯を食べたら楽しそうなんて具体的なのか抽象的なのかわからないことまで言ってきた人間とは思えない行動だ。

かといって、私からわざわざ成績を伝えるというのも変な話だし、自分から教えるつもりはない。

そうなると、結果を聞かない仙台さんと結果を教えるつもりのない私は、意見が一致していることになる。それは、なんの問題もないということだ。

大体、テストの結果を聞かれなかったことがおかしいなんて私だけが感じていることで、普通はそんなものは聞くようなものではないし、言うほどのものじゃないと思う。仙台さんが中間テストの結果を聞きたがったのはただの気まぐれで、期末テストにはそれほど興味がなかった。

そういうことだろうし、それでいいはずだ。

きっと、私はテストの結果を大げさに考えすぎている。

たぶん、そうに違いない。

ライティングデスクの上に広げたテスト用紙を片付けて、エアコンの温度を一度上げる。夜は静かで、エアコンから風が吹き出す音がやけに耳に響く。私しかいない部屋は小さな音が大きく聞こえる。

卓上カレンダーを手に取る。

十二月に入って最後の一枚となったそれは、見るまでもなくその半分と少しを消費している。今年は残り二週間ほどで、その半分は冬休みだ。

ため息をついて、カレンダーを伏せる。

今日は朝から晴れていて、今も雨は降っていない。

家には誰もいないけれど、一人でいることには慣れている。放課後に仙台さんがこの部屋に来て、夜には誰もいないなんてことは当たり前のことだ。

私はスマホを持って、ベッドに寝転がる。

もうすぐと言っていいほど冬休みが近い。その前にはクリスマスもあって、街はカラフルだし、道行く人は浮かれて見える。亜美《あみ》もクリスマスには彼氏と会うとかで、その日だけは受験を忘れると言って楽しそうにしている。

そういう雰囲気は少し苦手だ。

一応、私も予定はあってクリスマスは去年と同じように舞香《まいか》と遊ぶ。けれど、それだけだ。プレゼントを交換するようなこともないし、普通に過ごす。それでも舞香と出かければ楽しいはずだし、楽しみでもある。

でも、去年ほどじゃない。

理由はわかっている。

クリスマスが終わったら、たいした予定がないからだ。

お父さんはいつも通りほとんど帰ってこないし、仙台さんとの約束もない。ルールを改変した夏休みと違って冬休みのスケジュールは真っ白で、私はそのことに不満を感じている。

のろのろとスマホの画面を見る。

私が怖がりだと決めつけている仙台さんは電話をかけてこない。この前、彼女が電話をかけてきたのは雨と風が酷《ひど》かったからで、かかってこない夜がいつも通りの夜だとわかっている。

また雨が降ったら。

そんなことを考えかけて、スマホを裏返して枕の横へ置く。

「――葉月《はづき》」

思わず声に出る。

舞香と同じ大学に受かったとしても、仙台さんと今のように会うことはない。卒業式とともに彼女に命令する権利はなくなる。会う理由を作ったとしても四六時中一緒にいるわけにはいかない。どこの大学へ行くとしても、これまでとは違う関係になる。

でも、今なら簡単に会うことができるし、会う理由も作りやすい。

たとえそれが冬休みであったとしても。

私と仙台さんはクリスマスに会うような仲じゃないけれど、勉強を一緒にする仲ではある。だったら、冬休みも夏休みと同じように勉強を一緒にしたっていいと思う。

休みの日には会わないというルールは、あってないようなものだ。すでに夏休みにそのルールを破っているのだから、冬休みも守る必要はない。受験が近くて冬休みは短いけれど、一回や二回なら会う時間くらい作れるはずだ。夏休みのことを考えれば、それくらい会うことは許されそうな気がする。

けれど、仙台さんはなにも言ってこない。

もうすぐ冬休みになるのに勉強を教えるとか、会おうとか、そういうことを言わない。唐突に抱きしめてきたり、手を握ってきたり、変なことばかりするのに言いそうなことは言わずに帰ってしまう。

私はベッドの端から手を伸ばし、床の上にいるワニを引っ張り上げる。

ワニを撫でて、手を握る。

柔らかい手は、頼りなくて人の手とは明らかに違う。

仙台さんに手を握らせたティッシュカバーのワニは動きもしないし、手を握り返してくることもない。

当たり前のことだけれど、つまらないと思う。

背中からティッシュが生えたこれは、ただのティッシュカバーだ。

仙台さんじゃない。

わかっているけれど、鼻先を撫《な》でて唇を寄せる。

ふう、と息を吐いてワニに触れる前に床の上に戻す。

いくらワニの手を握っても、唇を寄せても、なにか別のものに変わったりはしないのに、仙台さんのせいでワニの役割がかわってきていてため息が出る。この部屋にあるものは仙台さんと近すぎて、思考が彼女に向かうきっかけになってしまう。おかげで、私の頭には沈めておきたい考えが浮かび上がっている。

もしも。

もしも、私が冬休みも勉強を教えてくれと言ったら、仙台さんは夏休みと同じように教えてくれるだろうか。

本当なら仙台さんから言うべきだと思う。

同じ大学や近くの大学を受けろと言うなら、それくらいのことをして当然だ。大体、仙台さんに触れたいと思うことも、冬休みに会いたいなんて思うことも、全部、全部、彼女のせいで、責任を取ってもらわなければ困る。

私はスマホを手に取って、布団に潜り込む。

スマホの画面に仙台さんの名前を表示させる。

このままでは、冬休みの予定は埋まらない。

ルールを破ることに躊躇《ため》いはなくなってはいるけれど、勉強を教えてと言って仙台さんが素直にいいと言ってくれるとは思えない。五千円を渡すから教えてと言っても断られそうな気がする。

命令の対価として渡す五千円は効力を失いつつある。

たぶん、交換条件を出すほうがいい。

たとえば――。

考えかけて、頭に浮かびかけた〝たとえば〟に重りを付けて思考の海に沈める。

「あー、もう。面倒くさい」

声とともに頭の中にあったものを全部吐き出す。

今から電話をする理由なんてないし、話すこともない。

冬休みまではもう少し時間がある。

慌てなくたっていい。

私はスマホを持ったまま丸くなった。

◇◇◇

期末テストの結果が出て、冬休みが近づいているからといって、教室に夏休みほど浮かれた雰囲気はない。受験生らしい会話が増えて、気が重い会話も増えているけれど、学校がある日は仙台さんを呼び出せる。

理由はあってもなくてもいい。

少し前までは嫌なことがあった日に呼び出していたけれど、今はもう関係ない。呼びたい日に仙台さんを呼んでいる。

今日も特に理由はないけれど、仙台さんを呼んだ。

それでも、二十四日や二十五日を避けて十二月二十三日を二学期最後に会う日として選んだことについては褒められるべきだと思う。

仙台さんならクリスマスに約束の一つや二つありそうだし、私も舞香との約束がある。記憶に残りそうな日は避けるべきだとも思っているから、今日を選んだ。

仙台さんがどう思ったのかは知らないけれど。

私は二人分の紅茶とお菓子を載せたお皿を一つ持って部屋へ戻り、テーブルの上へそれを置く。いつものようにブレザーを脱ぎ、ブラウスのボタンを上から二つ外した仙台《せんだい》さんの隣に座ると、彼女は四角いけれど形は揃《そろ》っていないお菓子を指さして言った。

「これなに？」

「ファッジ」

「ファッジ？」

「イギリスのお菓子。お父さんが持って帰ってきた」

「美味《おい》しいの？」

初めて食べるものらしく、仙台さんはファッジを口に入れずにまじまじと見ている。

「バターと砂糖と牛乳の塊らしいけど」

「え、それ、カロリーヤバくない？」

「たぶん、ヤバい。昨日食べたら、めちゃくちゃ甘かった」

茶色い塊はキャラメルによく似ているけれど、口に入れるとほろほろと崩れてキャラメルの十倍は甘い。でも、甘いだけではなくて、ミルクの風味が濃くて何個も食べたくなる。

「だから、今日は紅茶なんだ」

仙台さんが納得したような顔をする。

「麦茶が良かった？」

「私は炭酸じゃなければいいけど、宮城《みやぎ》はいつもサイダー飲んでるからさ。珍しいと思って」

そう言ってファッジを一つつまみ上げると、彼女は「お菓子出してくるのも珍しいよね。ちょっと早いクリスマス？」と続けた。

「そういうのじゃない。家にあったから出しただけ」

「そっか」

からかうようなことを言ってくるかと思ったけれど、そんなこともなく仙台さんがファッジを一口で食べる。そして、ごくんとそれを飲み込むと眉毛をぴくりと上げて言った。

「美味しいけど、たくさん食べたら絶対に駄目なヤツだと思う」

仙台さんが紅茶を冷ましながら飲む。中身が三分の一ほど減ったティーカップがテーブルの上に戻され、彼女の手がまたファッジに伸びる。けれど、手はキャラメルに似た塊をつまむことなくカップに戻った。

「仙台さん。口、開けて」

「命令？」

ファッジをつまんで見せると、仙台さんがカップから手を離す。

「そう」

命令であることを肯定すると仙台さんは仕方がないというように口を開け、私は手にしたお菓子を近づけた。

茶色い塊を唇にくっつけて、ついでに指先でも彼女の唇に触れる。ほんの少しだけ柔らかな感触が伝わってくる。

私が渡したネックレスと一緒に彼女の肌には何度も触れている。

唇は、その滑らかな肌よりも柔らかい。

もっとゆっくりとその柔らかさを味わいたくなるけれど、私は糖分たっぷりの塊を仙台さんの口の中に押し込んだ。

「甘い」

昨日の私が思わず口にした言葉と同じ言葉を呟《つぶや》きながら、仙台さんがお菓子を咀嚼《そしゃく》する。私は、彼女の口からファッジがなくなった頃を見計らってもう一つそれをつまむ。

「これも」

唇に押しつけると、仙台さんが素直に口を開く。

キャラメル色のお菓子を口の中に押し込んで、指先で唇をさっきよりもゆっくりと撫でる。仙台さんの唇が閉じて、それでも指を離さずにいると手首を摑《つか》まれた。

「宮城も食べなよ」

口の中のものを飲み込んだのかよくわからないうちに仙台さんが言って、私の手首を離す。そのままファッジに手を伸ばそうとするから、彼女よりも先に茶色いお菓子を一つ取る。

「自分で食べる」

昨日それなりの数を食べて、今日も仙台さんが来る前に三つ食べたからファッジを食べたいわけじゃない。これは彼女のために出したようなものだ。でも、お菓子を用意した理由は言いたくないし、いらないと言っても仙台さんは食べさせようとするだろうから、自分で甘ったるいお菓子を口の中に放り込む。

「甘い」

さっき聞いたばかりの台詞《せりふ》と同じ言葉を口にして紅茶を飲むと、仙台さんが静かに言った。

「宮城はさ、クリスマスは宇都宮《うつのみや》とどこか行くの？」

「そうだけど、仙台さんは茨木《いばらき》さんと？」

「羽美奈《うみな》はデート。私は勉強、と言いたいところだけど、ほかの子とちょっと出かける予定」

「そうなんだ」

ほかに言うべきことが浮かばなくて会話が終わってしまうような言葉を返すと、仙台さんはカップをテーブルの端に避けて教科書を並べだす。それはこれ以上話すことがないということで、私はなにも言えなくなる。

今日が終わったら、冬休みが終わるまで会うことはないと仙台さんもわかっているはずだ。でも、彼女は冬休みのことを聞いてこない。一学期の終わり頃は夏休みの過ごし方についてあれこれ口を出してきていたから、不自然なくらいに聞いてこないと言ってもいいと思う。

隣からは、教科書のページをめくる音とペンがノートを走る音しか聞こえてこない。

私は紅茶を一口飲む。

仙台さんは結局、夏休みのように家庭教師をするとは言ってこなかったし、今日も言いそうにない。

私は立ち上がってベッドに腰掛ける。

彼女の顔を見て話す自信がない。

「……仙台さん、冬休みってなにしてる？」

口に出すと、思ったよりも小さな声で嫌になる。

「勉強」

振り向かずに仙台さんが当たり前としか言いようのない答えを口にする。

当然だと思う。

受験が近いし、遊んでいる暇はない。

人に勉強を教えている時間があるなら、自分の勉強をするべきだ。そんなことはわかっているけれど、この会話を終わらせたくはない。

「それ以外にすることないの？」

「ないかな。羽美奈たちと初詣くらいは行くけど」

冬休みに関することであまり聞きたくない名前を仙台さんが口にする。

――茨木さんと初詣に行く時間があるなら。

そんな時間があるなら、私にも少しくらい時間を割いてくれたっていいと思う。

「仙台さん。こっちにきて隣に座って」

「隣？」

仙台さんが振り返る。

「そう、隣に座って。聞こえなかった？」

「聞こえたけど、冬休みの話から変なところに話が飛ぶから。で、それは命令？」

「命令」

はっきりと告げると、仙台さんが仕方がないという顔をしながら立ち上がって私の隣に腰掛けた。さっきよりも近くなった仙台さんの体温に、私の心臓が跳ねる。

丁度良かったはずの部屋が暑く感じて、エアコンの温度を下げたくなる。

「座ったけど、次は？」

「目、閉じて」

「なんで？」

目を閉じてという命令は無視され、仙台さんがじっと私を見てくる。

視線を思わず外すと、彼女の制服の胸元に輝く小さな月が目に入った。

「閉じないなら、いい」

卒業式までずっとつけていてと命じたネックレスを見たまま告げる。

「途中で放り出さないで、ちゃんと命令しなよ」

「ちゃんとって？」

「キスしたいから目を閉じてって言えば、ってこと」

不満だ。

不満しかない。

目を閉じた仙台さんにすることはキスで間違いはないけれど、彼女の言い方だと私のほうがキスをしたくてたまらないという風に聞こえる。

でも、そうじゃない。

今からするキスは私がしたくてするものではなくて、いつもキスをしたがる仙台さんのためにするものだ。だから、彼女の言葉は間違っている。

「宮城、キスしたいんでしょ？」

黙っていると仙台さんが決めつけるように言って手を握ってきて、私は視線を上げた。

「違う。……でも、目は閉じて」

このキスは今日しなくちゃいけない。

今度では冬休みの後になってしまうし、それでは意味がない。

握られた手を取り戻して、仙台さんのブラウスを摑む。命令するかわりに摑んだそれを軽く引っ張ると、彼女は目を閉じた。

私はゆっくりと顔を近づける。

夏休みに数え切れないくらい私からキスをしたのに、今初めてするみたいに緊張する。

心臓は三倍になったくらい大きな音を鳴らしている。

目を閉じる前に仙台さんを見る。

黙っていると、綺麗《きれい》だなと思う。

整えられた眉に、特別長いわけではないけれど私よりも長いまつげ。いつも私をからかってくる唇は艶《つや》やかで、触れると柔らかいことは知っている。指先にはさっき触れた感覚がまだ残っている。目は閉じているよりも私を見ている目のほうがいいけれど、今開けられても困る。

だから、仙台《せんだい》さんが目を開けてしまう前にキスをする。

静かに顔を寄せて唇を重ねると、指で触れたときよりもはっきりと感触が伝わってくる。

柔らかで、温かくて、触れているだけで気持ちがいい。

もっと仙台さんの側《そば》にいたくなる。

でも、いつまでもくっつけているわけにはいかないから唇を離す。そして、彼女の肩に顔をうずめた。

「……冬休み、勉強教えに来てよ」

大きな声では言えなかったけれど、今日言いたかったことを口にする。

私のキスにそれほど価値があるとは思えないけれど、仙台さんは今までに何度かキスをしたがっていたから交換条件の材料くらいにはなるはずだ。

「休み中って、会わないってルールでしょ」

耳もとで声が聞こえる。けれど、彼女が口にしたのは私が考えていたこととは違う言葉だ。

「ルールなんて仙台さんだって破ってるじゃん」

「宮城《みやぎ》も破りたいんだ？」

仙台さんが私の髪を軽く引っ張る。

「そういうわけじゃない」

「なら、私へのお願いってこと？」

「違う」

「じゃあ。――今のキスは命令でもお願いでもなくて交換条件ってこと？」

わかっているくせに、わざわざ尋ねてくる仙台さんが嫌いだ。

「嫌ならいい」

「嫌とは言ってない。ただ交換条件なら、もっとちゃんとしたキスしてよ」

仙台さんはそう言うと、肩にぺたりと額をくっつけている私を抱きしめた。

第2話　今の宮城が許してくれること

正直言って、できすぎだと思う。

宮城からキスをしてくるなんて。

――ここまでは望んでいなかった。

大人しく腕の中にいる宮城の髪を撫《な》でる。シャンプーの甘い香りがして、ブレザーを脱いでブラウスのボタンを二つ外していても暑いくらいの部屋がさらに暑く感じる。

「さっきのだってちゃんとしてたと思うけど」

小さな声とともにブラウスが引っ張られる。

腕を緩めると宮城が私の肩から顔を上げた。

夏休みは家庭教師の話を私からした。だから、冬休みは宮城から私に会いたいと言うべきだと思っていたけれど、キスと引き換えに勉強を教えてと言ってくるとは思っていなかった。宮城がつまらなそうに冬休みも勉強を教えるべきだと言ってくる。それくらいのことしか考えていなかった。

「ちゃんとしてなかった」

体を少し離して、宮城の言葉を否定する。

「どこが？」

「わからないなら、教えてあげようか？」

唇を撫でて、親指をほんの少しだけ口の中に押し入れる。

指先が歯に当たり、その奥の舌先に触れる。すぐに肩を押されて黙って指を離すと、意味を察したらしい宮城が難しい顔をした。

「……仙台さん、交換条件だからね」

念を押すように言われる。

私ばかりが宮城に傾いている。

だから、傾いている私を正すべきだと思っていたけれど、それは間違いだ。崩れすぎたバランスは、元に戻すよりももっと崩してしまったほうがいい。宮城も同じように、いや、それ以上に傾いてしまえばバランスなんて関係がなくなる。

「わかってる」

私がそう答えると、宮城が息を小さく吐いた。そして、私の腕を摑《つか》み、顔をゆっくりと近づけてくる。視線を合わせたままでいると、目を閉じろというように睨《にら》まれる。怒らせたいわけではないから、目を閉じる。すぐに柔らかいものが唇に触れて、私の腕を掴む手に力が入った。

少し間を置いてから遠慮がちに宮城の舌が口内に入り込んできて、私のそれにちょんと触れる。

甘い。

さっき食べたお菓子みたいだと思う。でも、キスが甘いなんて気のせいで、私だけがそう感じているのかもしれない。宮城が文句も言わずにこういうキスをしてくるとは思っていなかったし、交換条件への追加が受け入れられるなんて考えていなかったから、感覚がおかしくなっているようにも思える。

舌を少しだけ伸ばす。

宮城のそれに軽く当たる。

もっと触れたいと思う。

けれど、それ以上なにかが起こることはなかった。

舌が逃げるように引き返していく。

「これでいい？」

目を合わせずに宮城が言う。

良くないとは思わない。

宮城は冗談でキスをしたりしないし、今のようなキスは私の舌を噛《か》むくらい好まない。

それを考えたら、これくらいで許すべきだということはわかっている。

でも、このまま終わらせたくないと思う。

「今のじゃ足りないかな」

今日は、もっと我が儘《まま》を言ってもきいてもらえそうな気がする。

「言った通りにしたじゃん」

「ちゃんとしてなかったってこと」

こんなものは言い掛かりだし、難癖だ。

宮城が不満そうな顔をしているが、当然だと思う。

「そんなの仙台さんの基準でしょ」

「交換条件なら、私の基準に従うべきじゃない？」

「……そうかもしれないけど」

いつもならずるいだとか、後出しだとか文句を言ってくるところだけれど、今日の宮城は随分と弱気だ。

冬休みに勉強を教えに来て。

そんなたわいもないことを叶《かな》えるためだけに強く出られずにいる。

「宮城、いいよね」

駄目だと言ってもいうことをきくつもりはないから、彼女がなにか言う前に唇を塞ぐ。

腰に手を回して、体を引き寄せる。いつもならぴたりと閉じている唇は薄く開いていて、なんの抵抗もなく宮城の舌に辿《たど》り着く。いつかのように噛まれるようなこともなく、すんなりと彼女に触れることができた。

交換条件なんて最初のキスだけで十分だったのに、つけいる隙を与えるからこんなことになる。

私は居場所がなさそうな舌をつかまえて、絡《から》ませる。今度は逃げ出すことなく、宮城が私の舌を押し返してくる。柔らかくて、弾力のあるそれは、やっぱり甘い。少し舌を引くと宮城が追いかけてきて、ファッジを噛むよりも軽く彼女の舌に歯を立てる。

触れ合っている唇が溶けてしまいそうなくらい熱い。呼吸の仕方がわからなくなって、くらくらする。

唇を離して、宮城を押し倒す。

拍子抜けするほど簡単に宮城の背中がベッドにつく。

顔を寄せると開いていた目が閉じて、私はもう一度深く口づけた。

ちゃんとしたキス、という条件がまだ効いているのか、舌を伸ばすと宮城が応えてくれる。舌先が触れて、離れて、呼吸が少しずつ荒くなる。

宮城のブレザーのボタンを外して、ネクタイを緩める。肩を強く押されて顔を離す。なにか言いたそうにしている宮城と目が合うけれど、彼女はなにも言わない。ブラウスのボタンも全部外して脇腹に触れると、ようやく口を開いた。

「これはキスじゃない」

乱れかけた呼吸を整えながら宮城が言って、脇腹に置いた手を摑んでくる。

「宮城がちゃんとしたキスしてくれなかったから、これも交換条件のうちに入れといた」

「勝手に決めないでよ」

低い声とともに、脇腹にあった手が剝がされる。

でも、今の私は今日の宮城にだけきく魔法の言葉を唱えることができる。

「冬休みに勉強教えてほしいんでしょ？」

ブラウスのボタンを留めようとしている宮城の耳もとで囁《ささや》くと、動きが止まった。今度は脇腹を撫でても、手を摑まれたりしない。

今日限定の魔法はとても優秀だ。

「――後出しはずるい」

「宮城だってこの前、後出しした」

音楽準備室で抱きしめたとき、彼女は条件を後から付け加えた。

「そうだけど、こんなのやり過ぎじゃん」

「そうだね。やり過ぎだと思う」

宮城の声はお世辞にも機嫌がいいとは言えないものだったけれど、噛みついたり、蹴ったりはしてこないから嫌がってはいないはずだ。本気でやめてほしければ、私はもう噛みつかれているし、蹴られている。

だから、やり過ぎだとわかっていてもやめることができない。

「宮城が本気で嫌だって言ったらやめるから、教えてよ。——今日はどこまで許してくれる？」

夏休みは、もう少し先まで許してくれた。

じゃあ、今日は？

私は脇腹に置いた手をゆっくりと滑らせる。

下から肋骨《ろっこつ》を数えるように撫でると、小さく宮城の体が震えた。それを誤魔化すように手が伸びてきて、肩を掴まれる。けれど、その力は弱くてこの先を許してくれていることがわかる。

宮城《みやぎ》を見ると、頬が薄く染まっている。

キスをしたいけれど、そんなことをしていると彼女の気が変わってしまいそうでできない。

熱に浮かされたように触れ合った夏とは違う。

交換条件という不純物が混じったことで、私たちはあの日のように感情だけで突き進めず、お互い妥協点を探している。

意識したわけではないけれど、一歩一歩、少しずつ、探るようにゆっくりと触れていく。

絹のように触り心地のいい肌の上、指先を滑らせる。

胸の少し下で手を止めて、息を吐く。

下着の上から胸に触ると、宮城の体が微《かす》かに動いた。

でも、「やめて」という声は聞こえない。夏はインターホンに邪魔されたけれど、今日は鳴らない。

どくどくと心臓がうるさい。

手のひらだけがやけに熱い気がする。

交換条件からかけ離れた行為だけれど、止められたくない。もっと彼女の体に触れたくて、そっと背中に手を回す。

宮城はその手を摑んだりしない。

だから、ホックを外して胸を覆っている下着をずらす。控え目な膨らみが少しだけ見えて、宮城の体が硬くなる。

部屋の電気は消していない。

エアコンが暖かい風を吐き出し続け、視線を上げるか迷う私の思考を鈍らせる。今、彼女がどんな表情をしているか知りたいけれど、顔を見たら止められそうで視線を上げられない。小さく息を吸って吐いてからブラを上へと押し上げると、すぐに大きくはないけれど形の良い胸が露《あら》わになる。温泉や修学旅行で人の胸を見たことはある。当たり前だけれど、そのときはなんとも思わなかった。

でも、今は違う。

宮城の胸に触れたい。

強くそう思う。

たぶん、自分の胸の感触とそう違わない。

それでも触れたい。

ゆっくりと胸に手を近づける。

指先に体温を感じた。

──ような気がする。

曖昧な言い方になるのは、感触を確かめる間もなく、いや、本当に触れたのかわからないまま宮城に引っ張られ、抱きつかれたからだ。

バランスを崩した私は胸の上ではなく、体を支えるためにベッドに手をつくことになったし、宮城の体が隙間がなくなるくらいぴったりとくっついてきたせいで動けない。

彼女は私が予想していなかったことばかりする。

この部屋はいつも暑くて、今日もブレザーを脱いでいる。それは私と宮城を隔てているのはブラウスだけということで、宮城の体温が近い。必要以上に密着した体の感触も伝わってくる。

どうして私はブラウスを着ているのだろう。

そんな馬鹿なことを考えてしまうほど、薄っぺらいブラウスが邪魔に思える。

服がなければ、宮城の体をもっと感じることができた。

宮城に直接触れたくて彼女の脇腹をつつくと、首筋に温かくて柔らかいものが触れて、すぐに硬いものが突き立てられた。

「いたっ」

思わず声がでる。

確かめるまでもなく首筋にあるものは歯で、痛みは噛みつかれたせいだ。たぶん、宮城は手加減することなく噛んでいる。その証拠に首が焼けるように痛い。

「宮城、ちょっととっ。あんまり噛むと跡がつく」

脇腹をぺしぺしと叩《たた》くと、ようやく痛みから解放される。

「仙台《せんだい》さんのエロ魔人。すけべ、変態」

「ちょ、エロ魔人って」

「だって、そうじゃん。見ていいなんて言ってないし、触っていいとも言ってない」

背中に強く爪を立てられる。

「ちょっと、痛いって」

「仙台さんが悪い。今みたいなことは許してないもん」

「でも――」

抵抗しなかったと言いかけて、口をつぐむ。

言ったら、宮城がもっと怒る。

「なに？」

「なんでもないし、もうなにもしないから、はなして」

「……ほんとに？」

「本当。絶対になにもしない」

断言すると、背中に回った腕が緩む。

体に自由が戻ってきて、宮城から少し離れる。視線が自然と下へ行き、焦点が胸に合いかけて、でも、はっきりとそれが目に映る前に宮城の手に遮られた。

「見ないで。一回、目を閉じてよ」

私の目を覆い隠した宮城がむっとした声で言う。

「閉じた」

言われた通りにすると、目を覆っていた手が外れる。

「遠くに行って、後ろ向いてて」

ここで目を開けたら部屋から追い出されそうで、私は目を閉じたまま体を起こして後ろを向く。まぶたに区切られた暗闇の中で動き回りたいと思えず遠くへは行かなかったけれど、宮城がなにをしているのか見ることはできない。

私が後ろを向いて動かないからか、文句は言われない。

背後ではごそごそと宮城が動いている気配がして、なにも見えないままでも彼女が身なりを整えているであろうことはわかる。

「もういい？」

三分ほど待ってから尋ねる。

「だめ。一生そっち向いてて」

機嫌が悪いらしく、そっけない声が聞こえてくる。ついでに枕らしきもので背中を叩かれる。

「ここまでしておいて足りないなんて言わないよね？　絶対に約束守ってよ」

今日、一番不機嫌な声で宮城が言う。

私は自分の首筋に触れる。

痛い。

跡が残っていてもおかしくないくらい首筋が痛い。

でも今は、さっき味わった甘かった舌先だとか、綺麗《きれい》だった胸だとか、記憶に残っているそんなものに気持ちが向いている。

もちろん、もっとキスがしたかったし、触りたかったなんて言ったら、噛《か》まれるだけではすまないだろうから言うつもりはないけれど。

「約束は守るから。冬休み、宮城の好きな日に呼んでよ。予備校があるからあんまり時間取れないけど、勉強教えにくるから」

これ以上を求める権利がないことはわかっているし、冬休みも夏休みのように宮城と一緒に勉強をしたいと思っている。

「で、宮城。そろそろそっち向いていい？」

「絶対にだめ。こっち向いたら一生喋《しゃべ》らない」

宮城が子どものように、子どものようなことを言う。

「でも、確かめてほしいことがあるんだけど」

「確かめない」

強い声が後ろから聞こえてくる。

その声からは、私の言葉には絶対に従わないという意思を感じる。だからといってずっと宮城に背中を向けているわけにはいかないから、なるべく自然に振り向くことができそうな理由を告げることにする。

「宮城、思いっきり噛んだでしょ。跡残ってそうだし、ちょっと見てよ」

「やだ」

「見てくれないなら、跡残ってたときに学校で宮城に噛みつかれたって言うから」

「学校ではここであったこと言わない約束じゃん」

「そうだけど、首筋なんて目立つ場所に跡があったら絶対に聞かれるし、聞かれたら答えるしかないでしょ」

「……どこ？　見せて」

宮城も私が本当に学校で言うとは思っていないはずだが、嫌々といった雰囲気を漂わせながら尋ねてくる。

「ここ」

静かに宮城のほうを向いて、噛みつかれた部分を指し示す。すると、ほんの少しだけ近づいてきた宮城が小さな声で「あっ」と言った。

「あ？」

「――跡、ついてる」

申し訳なさそうな顔はしていないが、声が暗い。

「やっぱり」

「でも、たぶん、すぐに消えるし、消えなくてもボタン留めれば見えないと思う」

そう言うと、宮城が私のブラウスのボタンを強引に一番上まで留める。

「見えてると思うんだけど」

宮城が噛んだ位置はあまり良くなかった。

ボタンを一番上まで留めても隠れないはずだ。

「明日の朝には消えてる」

随分といい加減な言葉に思えるが、自分で見たわけではないから宮城《みやぎ》の言葉を間違いだと断じることはできない。鏡で見てもいいけれど、見たところでそれが消える跡なのかは判断できないだろうから見る意味はたぶんない。私にできることは彼女が言うように、明日の朝には跡が消えていることを祈るくらいのものだ。

「噛んでもいいけど、跡が残らない程度にしてよ」

はあ、と小さく息を吐いて、留められたボタンを二つ外す。

今はそこまで暑いわけではないけれど、ボタンを一番上まで留めていると落ち着かない。そもそもボタンを留めていても跡は隠れないし、ここにいるのは宮城だけだから見えていてもかまわない。

「仙台さんのせいだから」

私を見ずに宮城が答える。

「まあ、そうだけどさ」

どう考えても非は私にある。

宮城に責められても仕方がないと思う。

そして、私を見ようとしない宮城の気持ちもわかる。

けれど、この微妙な空気を引きずったまま勉強をするというのも落ち着かないし、夏休みの後よりも気まずい。自分の中にある邪《よこしま》な気持ちが居心地の悪さに拍車をかけている。

「そうだ。宮城に渡すものがあるんだった」

停滞する空気に耐えられず、ベッドから下りる。

渡すものがあるというのは嘘《うそ》ではない。

私は鞄《かばん》の中から片手では足りないけれど、両手になら収まるものが入った袋を取り出して、ベッドの上に座っている宮城に渡す。

「ちょっと早いけど、これあげる」

「……なにこれ？」

「見たらわかると思うけど」

赤と緑に彩《いろど》られた袋は、赤いリボンが結ばれている。

この時期、このカラーリングを見てなにも浮かばない人はそういない。宮城だって、渡されたものがなにかわかるはずだ。

「クリスマスプレゼント？」

「そう。これのお返しも兼ねて」

月をモチーフにした小さな飾りがついたペンダントのチェーンを引っ張って、宮城に見せる。これは文化祭が終わってしばらく経《た》ったあとに宮城からもらったもので、所有権を明らかにする首輪に近いものだ。

「お返しはいらないって言ったと思うけど」

「覚えてる。でも、もう買っちゃったし。とりあえず開けなよ。いらないなら捨てていいからさ」

宮城が手の中の袋を穴が空くほど見つめてから、リボンをほどく。そして、中身を引っ張り出して眉根を寄せた。

どこか宮城に似ている黒猫のぬいぐるみ。

それは宮城が喜んでくれそうだとか、好きそうだとかそういうポジティブな理由で選んだものではない。どちらかと言えばネガティブな思考によるものだ。

随分と長い時間一緒にいるけれど、宮城に贈るプレゼントとして相応《ふさわ》しいものが思い浮かばなかった。私にわかることと言えば大げさなものを贈れば突き返されるに違いないということだけで、結局、拒絶されてもあまりショックを受けずにすむものを選んだ。

もしかしたら、捨てられるかも。

そんなことも頭に浮かんだ。

宮城が贈りものを捨てるような人間だとは思わないけれど、私に対してほかの人と同じように接してくれるかどうかわからない。渡したものがゴミ箱へ向かわないと思えるほど

う。

袋の中に閉じ込められていた黒猫を両手で持ち、宮城がさして嬉《うれ》しそうな顔をせずに言

「なんでぬいぐるみ？」

の自信は持てなかった。

「そのワニ、友だちがほしいんじゃないかと思って」

私は、床に置いてあるティッシュカバーを指さした。

「餌の間違いじゃなくて？」

「友だち、って言ったでしょ。食べさせないでよ」

「私、クリスマスプレゼントなんて用意してないからね」

宮城がベッドから下りて床にぺたりと座り、ワニの背中に黒猫を置く。ワニから生えている白いティッシュがくしゃりと潰れ、黒猫のクッションのようになる。

私は黒猫が悲しい末路を辿《たど》ることなく、安住の地を見つけたことにほっとする。

「ペンダントのお返しも兼ねてるし、宮城からまたプレゼントもらったらややこしくなるから」

「それはプレゼントじゃない」

ペンダントを見ながら宮城が言う。

「はいはい」

私は背中に黒猫を乗せたワニを見る。

でも、どれだけ見ても友だちを得たワニが喜んだのかどうかわからない。そして、それ以上に宮城が喜んだのかわからなかった。

受け取ってくれたし、いいか。

クリスマスプレゼントなんて重く考えるようなものではない。なんとなくなにかを渡したほうが良いような気がしただけだ。

私は頭を切り替えて、宮城の隣に座る。

すると、隣から小さな声が聞こえてきた。

「でも、まあ。……ありがと」

珍しくお礼を言われて、宮城をじっと見る。

けれど、彼女は私を見ることなくテーブルの上に教科書を広げた。

「勉強するから」

ベッドの上で起こったことがなかったことになったわけではないし、私と宮城の間には微妙な空間がぽかりと空いているが、気まずいだけの空気は消えている。それでもお喋りを続けて余計なことを口にしてしまう危険を冒すくらいなら、静かに勉強をしたほうがいい。

私は教科書に視線を落とす。

けれど、すぐに隣が気になって宮城を見る。

手を伸ばそうとすると、宮城の周りだけ温度がほんの少し下がったように感じる。

今日はこれ以上のことを望まないほうがいいし、口にしないほうがいい。

頭ではわかっている。

でも、頭と口の神経は途切れているらしい。

私は、こちらを見ようともしない宮城の二の腕をペンでつつく。

「ねえ、宮城。さっきの約束に条件つけてもいい？」

「冬休みの話？」

「そう。条件って言っても一つだけなんだけど」

「あれだけ好きなことしておいて、いいわけないじゃん。もう十分でしょ。冬休みなんてほとんど会う時間ないし、条件つけすぎ」

教科書から顔を上げた宮城がいくつも棘《とげ》が生えた声で言って、消しゴムを投げてくる。

「冬休み、ここに来た日はキスさせて」

「条件言っていいなんて、一言も言ってないんだけど」

「いいじゃん、言うくらい」

跡が残っているであろう場所をさすって、転がっている消しゴムを宮城のノートの上に載せる。

「条件ってそれだけ？」

隣から小さな声が聞こえてくる。

「そう」

「……やだって言ったら、勉強教えてくれないんでしょ」

「それはいいってこと？」

「よくはないけど、勉強教えるって約束守ってくれるんだよね？」

棘を二、三個追加した声で言って、宮城が教科書をめくる。

はっきりとした答えではないけれど、約束へのオプションは受け入れられたらしい。宮城が冬休みにこれほどこだわるとは思っていなかったから、少し驚く。聞き間違いかとも思う。

でも、聞き返したりはしない。条件の追加なんて許さないと宮城が言いださないうちに「もちろん」と短く答えて、この話を締めくくる。

「勉強教えて欲しい日、連絡するから」

教科書を見ながら宮城が言う。

「いいけど、前日には連絡ほしいかな」

「わかった」

「あと五千円いらないから」

「え？」

宮城が顔を上げて私を見る。

「勉強教える対価はさっきもらった。夏休みの家庭教師と違って、今回は交換条件でしょ」

「……そうだけど」

「じゃあ、そういうことで」

隣からはなにも聞こえてこない。宮城は不満そうな顔をしているが納得はしているらしく、私はすっかり冷えてしまった紅茶を飲んだ。

第3話　仙台《せんだい》さんが知っていること

仙台さんから今日もらった黒猫の寝床は枕元になった。

ワニの背中の上ではティッシュが使えないし、油断するとコロコロと落ちてくる。机の上は勉強の邪魔だし、本棚では本が取り出しにくかった。

だから、枕元が居場所になったのは仕方なくであって、わざわざ選んだわけじゃない。

「友だちだって。嬉しい？」

私は、床の上が定位置のワニをベッドの上に引っ張り上げて問いかける。黒猫の隣に置いてもワニは答えない。当たり前だ。答えたら怖い。

それにしても。

仙台さんは、私をなんだと思っているのだろう。

ティッシュカバーがワニなだけで、部屋にぬいぐるみをたくさん飾っているわけじゃないし、ぬいぐるみを好きだと言ったこともない。猫が好きだとも、動物が好きだとも言ったことがなかった。

だから、クリスマスプレゼントとして黒猫のぬいぐるみを贈られた理由は不明だ。

大体、仙台さんはぬいぐるみをプレゼントするようなタイプには見えない。そう考えると、なにか意味があってぬいぐるみを選んだようにも思えるし、私のことなんてどうでもいいから適当に選んだようにも思える。

けれど、私がアクセサリーを渡したようにアクセサリーをプレゼントされていたら突き返していた。ぬいぐるみという中途半端《ちゅうとはんぱ》なものだったから、受け取ることができたような気がする。

問題は、彼女に纏《まつ》わるものがまた一つこの部屋に増えてしまったことだ。

「制服だってどうしたらいいのかわからないのに」

黒猫の頭を撫《な》でてから、クローゼットを見る。

あの中には、仙台さんの制服のブラウスが入っている。

文化祭の前にネクタイと一緒に交換したそれは、私の部屋に居座っている。仙台さんの元へ戻ったネクタイと違って半袖のブラウスは彼女の元へ戻ることがないし、袖を通す機会ももうない。結局、一度も着ないまま私のもののようにクローゼットにしまわれている。

できることなら、いくつかの記憶と紐付いているブラウスをこの部屋から追い出したかったけれど、追い出すことができなかった。

新たにこの部屋にやってきた黒猫も同じだ。

仙台さんと繫《つな》がっている。

しかも、封印しておきたいような今日の出来事が染《し》みついていて落とせない。

こういうのは本当に困る。

私はワニを床へ下ろす。

体中の空気を吐き出して、目を閉じる。

今日このベッドの上で起こったことは酷《ひど》く恥ずかしいことだったけれど、出入り禁止にするほど嫌なことではなかったなんて、絶対に仙台さんには知られたくない。

仙台さんといると、思っている以上のことをすることになる。少しくらいなら、と考えたことは否定しないけれど、許しすぎてしまったと思う。

セックスはしない。

初めにそう言ったのは仙台さんのはずなのに、どうしてかこんなことが続いている。そのルールは私にとっても当たり前のことで、約束をするまでもないことだと思っていたのに、夏休みだけではなく今日もルールを破ったと言えそうなことをしてしまった。

本当は、あんなことまでさせるつもりはなかった。

仙台さんに文句を言えばあそこまで許すことを選んだのは私だと言うだろうけれど、冬休みに勉強を教えてもらうという交換条件があったから許すしかなかった。

今考えると、仙台さんが冬休みの話をまったくしてこなかったのは私から交換条件を引き出すためだったように思える。すべてを彼女のせいにして、今日のことは仕方がなかったことだと気持ちの整理をつけられるようにさせられていた気がして腹立たしい。

そして、そうだとしてもそういう彼女を無条件に許している自分に困惑している。

いつだって選ぶのは私で、仙台さんは選ばない。

用意周到に私は選ばされている。

仙台さんはずるいと思う。

自分でルールを決めておきながら、決めたルールを蹴飛ばして近づいてくる。

この関係の種をまいたのは、五千円を払って彼女を買っている私だ。種は育つことがないもので、地中に埋まったまま芽すらでないはずのものだった。けれど、仙台さんはその種に水をやって育てている。

そんなことは頼んでいない。

種をまいただけなら、私たちはなんの抵抗もなく卒業式を区切りにすることができたはずだ。でも、芽が出てしまえば摘み取ることに罪悪感がつきまとう。そして、大きくなればなるほどその命を絶つことに躊躇《ため》いが生まれる。

現に私は、卒業式を終わりの日に決めたことを後悔している。

そのくせ、今日起こった出来事についてはそれほど後悔していない。ただ、私ばかりが恥ずかしい思いをさせられたことに関しては納得していない。私だけが損をしたような気がしている。

本当なら仙台さんに苦情の電話をかけたいところだけれど、電話をかけあう仲じゃない。まだ眠るような時間ではないから、かければ出てくれるとは思う。でも、今日あったことを考えると、文句を言うことくらいで電話はできない。

仙台さんとはあれからなにもなかったみたいに過ごしたけれど、私は夕飯を一緒に食べようとは誘えなかったし、彼女も夕飯には触れずに黙って帰った。気まずさを感じないふりをしていただけだから、冬休みに呼び出すことすら気を遣う。

「仙台さんのせいで、めちゃくちゃじゃん」

休みに入ってすぐに呼んだらなにかを期待しているみたいだし、呼ばなかったらなんのための交換条件だったのかわからなくなる。

私は枕元の黒猫を手に取る。

天井に放り投げようとして、やめる。

黒猫の手を握って、元いた位置に戻す。

一人でいることには慣れているけれど、今日は一人で考え事をしていると考えたくないことばかりが頭に浮かぶ。

この部屋は今、自分の部屋とは思えないほど過ごしにくい。

いないはずの仙台さんの気配を感じて落ち着かない。

私は立ち上がって、テーブルの上からスマホを取る。

誰かと話をしたいと思うけれど、〝誰か〟という言葉で浮かぶのは仙台さんの顔だ。でも、誰かは〝誰でもいい〟の誰かで、仙台さんに限定した言葉じゃない。この部屋には黒猫とワニもいるけれど、話し相手にはなってくれない。

枕をぽすんと叩《たた》いて、スマホに視線を落とす。

少し迷ってから、画面に舞香《まいか》の名前を表示させる。

『今、時間ある？　少し話したい』

舞香にメッセージを送ると、『大丈夫だよ』と返事がくる。すぐに電話をかけるとスマホの向こうから明るい声が聞こえてきて、ほっとする。聞き慣れた声は、気持ちを落ち着かせてくれる。

今日、ここであったことを話すつもりはない。

だから、私はここではない場所で今日あったことを舞香と話し始めた。

◇◇◇

「こんな部屋だっけ」

テーブルの上にノートを広げながら、向かい側に座った舞香が不思議そうな声を出す。

「こんな部屋だよ」

当たり前のように答えたけれど、彼女の違和感は正しい。過去に一度だけ舞香が遊びに来たときとは部屋の中が微妙に違う。

テーブルは大きくなっているし、ものが増えている。

冬休み二日目、今日も舞香は妙に鋭い。

十二月二十三日の夜、舞香と話してから仙台さんはこの部屋に来ていない。でも、舞香とはクリスマスを一緒に過ごして、今日も会っている。

「あれ、志緒理《しおり》ってファンヒーター使ってるんじゃないの？　去年、買ってもらったって言ってなかった？」

今年の初めまで部屋にあって、今はないものの名前を舞香が口にする。

よく覚えているなと思う。

確かに去年、そんな話を舞香にした。

「今は使ってない」

この冬、ファンヒーターは片付けたまま出していない。買ってもらってからずっと活躍していたけれど、出番がないまま終わる予定だ。いつも暑そうにしている仙台さんのためというわけではないけれど、エアコンだけでも冬を乗り越えられそうだからわざわざ出さなかった。

「寒いなら温度上げようか？」

エアコンのリモコンに手を伸ばしながら問いかけると、向かい側に座った舞香から「大丈夫」と返ってくる。仙台さんとは違って適温が近いおかげで、部屋は暑すぎもせず寒すぎもしない丁度いい温度に保つことができる。

舞香といると、どんなときも丁度いい。

いつも通りの自分でいられる。

――はずなのに、この部屋に舞香がいることに落ち着かない私がいる。

「志緒理、毎日ちゃんと勉強してる？」

参考書と問題集をテーブルに置きながら舞香が尋ねてくる。

「一応」

「さすが受験生」

「舞香だって受験生じゃん」

「その通りだけど」

今日は舞香の家で勉強をするはずだったけれど、予定はあっさりと変わって彼女のほうが私の部屋に来ている。親戚が突然やってきて母親に家を追い出されたらしく、勉強会は私の部屋で開催されることになった。

仙台《せんだい》さんの痕跡が残るこの部屋に舞香を入れることに抵抗があったけれど、絶対に家に来ないでなんて言ったら不信感を抱かせるだけだ。

「志緒理って、猫好きだっけ？」

テーブルに勉強道具を並べているにもかかわらず、勉強をする気がなさそうな舞香は本棚を見ている。彼女の視線の先では、黒猫のぬいぐるみがくつろいでいる。

「別に好きでも嫌いでもない」

舞香が来る前に定位置の枕元から本棚へ移動させたそれは、仮の住まいも気に入っているのかずっとそこにいるような顔をしている。

「だよね。もらったの？」

「自分で買った。一応、それの友だち」

私は仙台さんからもらったとは言わずに、テーブルの横に置いてあるワニを指さした。

「これの？」

舞香がずるずるとティッシュ箱の守護神であるワニを引き寄せる。

「そう」

「あのぬいぐるみ可愛《かわい》いし、買いたくなるのもわかるけど、これの友だちかあ」

ワニの頭をぽんぽんと叩きながら、舞香が言う。

「一人だと寂しいじゃん」

私は膝立ちになってワニを取り返す。そして、テーブルの下にそれを置いた。

「志緒理さあ、なんかあったりした？」

「なんで？」

「なんでって……。三年になってから付き合い悪いから。夏休みも忙しいって言ってほとんど会ってくれなかったし」

そう言うと、わざとらしいくらいに拗《す》ねたような顔をする。

「夏休みは、舞香も塾があって忙しいって言ってたじゃん」

「そうだけど、なにかあるのかなって」

「あるのは舞香でしょ。話したいことがあるって言ってたけど、なに？」

勉強、一緒にしようよ。

昨日の夜、舞香が送ってきたメッセージにはそう書いてあった。けれど、私たちが休みの日に一緒に勉強することはあまりないし、こういうときに誘ってもおかしくない亜美《あみ》を誘わずに私だけを誘って、おまけのように『ちょっと話したいこともあるし』という一文がつけられていたから、本題は勉強よりも〝ちょっと話したいこと〟にあるのだと思う。

冬休みも塾があって忙しいと言っていた舞香が理由を作ってまで私に会おうとしたことを考えると、それなりに重要な話だと予想できる。

「あー、うん。そう、あるんだけど」

どういうわけか歯切れが悪い。

舞香の様子を見ているとあまり良い話には思えなくて、憂鬱になる。

「志緒理。……先に謝ってもいい？」

困ったような声を舞香がだす。

「……謝りたくなるほど悪い話？」

「わかんないけど、謝ったほうがいいような気がする。だから、ごめん」

わざわざ勉強会なんて口実を作ってまでしたい話で、さらに謝りたくなるような話だなんて聞きたくなるようなものではないけれど、聞かないわけにもいかないから「それで？」と先を促す。

「前にも聞いたけど、志緒理ってさ、仙台さんと仲いいの？」

「……仲良くないけど、話ってそれ？」

舞香の話はまだ本題に入っていないはずだ。

けれど、前置きとして始まった話がすでに最悪のもので頭を抱えたくなる。

仙台さんのことは一番聞かれたくないことだし、一番言いたくないことだ。

「うん、まあ、そんな感じかな」

舞香が曖昧に返事をして、氷が溶けかけたサイダーを飲む。

そして、ふう、と小さく息を吐き出すとゆっくりと話しだした。

「前に、購買部に行く途中に仙台さんと話したって言ったでしょ。志緒理、あのときのこと気にしてたから一応伝えておこうと思って」

十一月、音楽準備室で仙台さんに抱きしめられた日。

舞香から、仙台さんと廊下でぶつかって、それがきっかけで少し話をしたと聞いた。

あの日のことはよく覚えている。

舞香に仙台さんとなにを話したのかと聞いた。そのとき、舞香はたいしたことは話さなかったと言ったはずだけれど、今になって伝えたい話が出てくるということは隠していたことがあるということだ。

　嫌な予感しかしない。

「伝えておかなきゃいけないようなことってなに？」

「あのとき、大学の話になって私の志望校を仙台さんに教えたんだよね。そしたら仙台さんも教えてくれて、受ける大学が近いってわかったからついでに志緒理のことも話しちゃったんだけど」

「え？　話したって……」

「ごめん、志緒理が私と同じ大学受けるみたいだって仙台さんに話した。やっぱり、言わないほうが良かった？」

　申し訳なさそうな顔をして舞香が言う。

「――別に。そんなこと、謝るほどのことじゃないじゃん。仙台さんとはちょっと話したことがあったくらいで仲がいいわけじゃないけど、大学の話したくらいで怒らないって」

　嘘《うそ》だ。

　怒ったりはしないけれど、〝別に〟なんてことはない。

　言わないほうが良かったに決まっている。

　動揺しすぎて、こめかみの辺りが痛いくらいだ。

私と仙台さんがどんな関係かは誰も知らない。

もちろん、舞香《まいか》だって知らない。

だから、焦《あせ》る必要はないし、慌てる必要もない。焦ったり、慌てたりするほうが怪しい。なんでもないことのように受け流せば、それで終わる話だ。

それなのに早口になってしまったし、不自然な言い訳のようになってしまった。そのせいか、舞香が不審者を見るような目で私を見ているような気がする。

「それにしても、今まで黙ってたのになんで急に話す気になったの？」

私に向けられた疑いの眼差《まなざ》しから逃れたくて、なるべく明るい声で尋ねる。

「言わなくてもいいかなって思ってたけど、あのとき仙台さん、志緒理のこと結構聞いてきてたし、志緒理も最近なんか変だしさ。そういうのって、やっぱり、色々考えちゃうっていうか。だから、なんとなく話しておいたほうがいいかなって。それに志緒理と仙台さん、仲良さそうな気がしてたから」

気がしてた、と言ってはいるが、舞香の口調は私の言葉を疑うものに近い。自分の中のやましさがそう感じさせるのかもしれないけれど、喉をぎゅっと締められたような気がして呼吸が止まりそうになる。

「何度も言うようだけど、仙台さんとは仲良くないし、私のこと聞いてきたのはほかに話すことがなかったからじゃないの」

落ち着けと念じながら、舞香を見て話す。

「そうかもしれないけど。ほんとに二人って――」

舞香がなにかを言いかける。

でも、隠し事をしていたことに負い目を感じているのか口から出かかった言葉を飲み込んで、「なんか、ごめんね」と言った。

「そろそろ勉強しようよ。舞香、ここ教えて」

いつもなら、言いかけたなら最後まで言いなよだとか、途中でやめたら気持ちが悪いだとか言って、途切れた言葉を舞香から引き出す。けれど、今日は飲み込まれた言葉を引っ張り出すようなことはしない。

そんな言葉は存在しなかったことにして、テーブルに広げた問題集を舞香に見せる。彼女も聞きたいことがありそうな顔をしているけれど、追及はしてこない。これ以上話したくないという私の気持ちが伝わったのか、「どこ?」と問題集に視線を落とす。

舞香は優しい。

私はいつもその優しさに甘えていて、今日も必要以上に聞いてこない彼女に救われた。そして、私は今、そんな舞香を前に仙台さんのことばかり考えている。

せっかく一緒に勉強しているのに酷《ひど》いことをしているとは思うけれど、さっき聞いたことが頭から離れない。

私の志望校を仙台さんが知っている。

そんなことを聞いて冷静でいられるわけがない。

志望校のことはずっと隠していたのに。

話さなかったのに。

仙台さんは知っていた。

音楽準備室で私を抱きしめてきた日、あの日には全部知っていた。

舞香の声が遠く感じる。

聞こえるけれど、なにを言っているのかよくわからない。

もしかしたら、仙台さんが知っているのかもしれないと思ったことはあった。それでも、それはもしかしたらであって、知っているはずはないと自分に言い聞かせていた。

それなのに――。

結局、私は上の空で勉強を続けることになって、予定よりも早く舞香が帰ることになった。一緒にエレベーターに乗って、マンションの外まで送ったことは覚えている。けれど、なにを話したかは曖昧だ。

夕飯も食べずに部屋に一人、ベッドに座り込む。

頭は考えることを放棄していて、時間だけが過ぎていく。

気がつけば九時を過ぎていたけれど、電話をかける時間としては遅い時間じゃない。

三十秒、いや、一分ほど迷ってから仙台《せんだい》さんに電話をかけると、呼び出し音が二回鳴った後に、驚いたような声が聞こえてきた。

「珍しいね。宮城《みやぎ》が電話してくるなんて」

聞きたいことがある。

だから、電話をした。

私の志望校を知っていたくせに、私に志望校を言わせようとした理由。

私の志望校を知っていたくせに、同じ大学や近くの大学を受けるように誘導した理由。

それが知りたい。

今は、私の反応を見て仙台さんが面白がっていたとしか思えなくて腹立たしい。違う理由があるなら聞きたいし、面白がっていただけなんて考えを否定してほしいと思う。

でも、電話では上手《うま》く聞けないような気がする。

「仙台さん、勉強教えに来てよ。今から」

「今からって言われても。今日はもう家にいるし、無理」

それはわかっている。

電話をかけるには遅くはないけれど、高校生が家を出るには遅い時間になっている。

それでも今すぐに来てほしいし、顔を見て話をしたい。

「無理でも来てよ」

「明日じゃだめなの？　予備校があるから少し遅くなるけど」

「じゃあ、もう来なくていい」

「宮城が泊めてくれるなら、今から行ってもいいけど」

「もういい。切る」

「こんなのいつもの冗談じゃん。今日どうしたの？」

たぶん、私の声が硬くて空気が悪くなっていたから、だから、和ませようと冗談を言った。そういうことだと理解はできるけれど、笑って答える余裕はない。

「……仙台さん。私に言うことないの？」

「ないけど、なに？　なにかあった？」

私の言葉がどんな意味を持っているのか知らない仙台さんが、いつもと変わらない声で言う。なにを言えばいいのかなんてわからなくて当然だけれど、そんな仙台さんに苛立《いらだ》つ。

「ないならいい。冬休み、うちに来なくていいから」

八つ当たり気味に言うと、仙台さんが困ったような声をだした。

「ちょっと待てる？　今から行くから」

正当な怒りではないと思うが、私は今ものすごく腹が立っている。でも、今すぐ仙台さんに会いたいと思う。そして、そういう自分に腹が立つ。

「……明日でいい」

「ほんと、どうしたの？」

「どうもしない。予備校が終わってからでいいから、絶対に明日来てよ」

「今から行くし、待ってなよ」

仙台さんが思った以上に優しい声で言う。

「明日で大丈夫だから」

なるべく静かに、気持ちを落ち着けて声をだすと、仙台さんが「わかった。約束ね」と言った。

用件はそれだけで、電話はすぐに切った。

お腹《なか》はあまり空《す》いていないけれど、カップラーメンを胃に押し込む。

お風呂《ふろ》に入って、ベッドに横になる。

よく眠れないまま朝が来て、夜が近づいて、インターホンが鳴る。

昨日、舞香が来た部屋に仙台さんが来る。

サイダーと麦茶を用意して、私たちはテーブルの上に参考書やノートを並べる。

部屋は私にとって適温で、仙台さんは暑そうだ。

彼女は、ベッドを背にした私の隣に当然のように座っている。

なにを言うでもなく、静かに座っている。

昨日の電話はなにとか、話があるんじゃないのとか。

そういうことを聞いてきてもいいと思う。

けれど、仙台さんは隣に座っているだけでなにも聞いてこない。ここに来てから彼女が口にした意味のある言葉は、「遅くなってごめん」くらいのものだ。今はテーブルに広げた参考書を見ている。

確かに仙台さんは、思っていたよりも遅くこの部屋に来た。九時が近いのに来てくれたのだから、気を遣ってくれたのだと思う。昨日の電話に触れないことも、彼女なりの優しさなのかもしれない。

でも、こんなのは不自然だ。

いつもの仙台さんなら、真っ先に昨日の電話について聞いてくる。こんな風になにも言わずに隣にいられると、話がしにくい。私の頭の中では、舞香から聞いた言葉がぐるぐると回り続けている。

　サイダーが入ったグラスを手に取る。

　グラスについた水滴が手のひらを濡《ぬ》らす。

　一口飲んでワニの背中からティッシュを一枚引き抜いて手を拭い、仙台さんを見る。

「昨日のこと、聞かないの？」

　このままだと二人で勉強をして終わってしまいそうな気がする。

　それは冬休み前にした約束通りのことでなにも間違っていないけれど、今日は勉強なんてただの口実だ。話をしなければ、なんのために仙台さんを呼んだかわからない。

「電話のこと？」

　隣から探るような声が聞こえてくる。

「今日は、そのこと聞いてくると思ってた」

「勉強教えに来ただけ。昨日、宮城も勉強教えに来てって言ったじゃん」

　仙台さんが顔を上げて、ペンを置く。

　そして、私を見た。

「でも、宮城が言いたいことがあるって言うなら聞くけど。あるんでしょ、話」

　仙台さんが仕方がないという風に言って、面倒くさいという程でもないけれど気乗りのしない顔をする。

こういう彼女は見慣れているはずなのに、今日は落ち着かない。

たぶん、制服じゃないからだ。

どこにでも売っていそうなニットにスカート。

私が着たら安っぽく見えそうな服だけれど、仙台さんが着ているとそれなりに良いもののように見えるし、似合っている。でも、夏休みが終わってからずっと見ていなかった私服の彼女は部屋に馴染《なじ》まなくて距離を感じる。おかげで、まだ聞くべきことを聞く勇気が出ない。

「……仙台さんはないの？　私に言うこと」

グラスを濡らす水滴を指先で拭って、サイダーを飲む。

弾《はじ》ける泡のように仙台さんと舞香《まいか》の間で起こったことが消えてほしいけれど、そうはいかない。

「それ、昨日も言ってたけど特にない。で、宮城の話は？」

言いたいことがあるから、仙台さんを呼んだ。

話をするなら、今日しかないと思う。

でも、わかっているのに口が上手く動かなくて黙っていると、仙台さんが私の代わりに喋《しゃべ》りだす。

「話ってさ、いい話じゃないでしょ。宮城、あんまり機嫌良くないし。――話したくないなら、話すのやめれば」

さっきよりも重い声が聞こえて、私は息を吸う。

そして、ゆっくりと吐いてから口を開く。

「仙台さん、廊下で舞香と話したこと教えて」

「宇都宮《うつのみや》と話したことって……。購買部に行く途中に話したときのこと？」

気が進まない話が始まったというように、少し低い声が聞こえてくる。

「そう」

「それ、前に話したと思うけど。学校で宮城を呼び出したときのことを聞かれたって言わなかったっけ？」

忘れるはずがない。

音楽準備室で今と同じことを言われて、それを信じた。けれど、今はその言葉が意図的に一部を省いたものだと知っている。

「それだけじゃなくて、ほかの話もしたでしょ。……私が受ける大学とか」

「……なるほどね。宇都宮から聞いたんだ？」

仙台さんがすべてを理解したように言う。

「昨日、聞いた。——私の志望校知ってたのに、音楽準備室で大学どこ受けるのか聞いてきたのってなんで？　私の反応見て、面白がりたかっただけ？」

成績が上がって、仙台さんの後を追うように志望校を変えた。

彼女はそんな風に考えていて、黙って志望校を変えたことを指摘されて慌てる私を見ようとしていたとしか思えない。

私は仙台さんの後を追いかけたいわけではないし、彼女と会うのは卒業までと決めている。そもそも仙台さんの志望校と私の志望校が近いことは偶然だし、舞香と同じ大学を選んだらそうなっただけで意図したわけじゃない。

そうじゃなきゃおかしいし、仙台さんは間違っている。

なにか言ってほしいと思う。

けれど、彼女はなにも言わない。

やけに真面目な顔をして、ずっと口をつぐんでいる。

「仙台さん、答えてよ」

催促するように言うと、顔と同じくらい真面目な声が聞こえてくる。

「——面白がってるように見えた？」

仙台《せんだい》さんが本棚を見る。

視線の先には、彼女が持ってきた黒猫がいる。

「どこの大学受けるか聞いたのは、宮城《みやぎ》の口から志望校を聞きたかったから」

問いかけてきたくせに、私の答えを待たずに仙台さんが言う。

「じゃあ、普通に聞きなよ。舞香から聞いたって言えば良かっただけじゃん」

怒っているわけではないけれど強い口調で言うと、仙台さんの視線が黒猫から私へと移った。

「言ったら宮城、宇都宮と同じところ受けないって言うでしょ」

「それは――」

仙台さんは正しい。

きっと、舞香から志望校の話を聞いたなんて言われたら、そんな話は嘘《うそ》だとか、言ってみただけだとか、理由をつけて決めかけていた志望校を違う大学に変えていた。

「大学、どうするの？」

まるで学校の先生のように仙台さんが問いかけてくる。

「言いたくない」

「教えなよ」

「まだ決めてない」

「迷うような時期じゃないじゃん。もう決めてるんでしょ。決めてないなら、宇都宮と同じところにしなよ」

確かに迷うような時期ではないし、志望校は決まっている。仙台さんに言われなくても、舞香と同じ大学を受けるつもりだ。

でも、仙台さんには言いたくない。

言ってしまえば、私の意思で決めた志望校が仙台さんの意向に沿って決めたもののようになってしまう。私には私の考えがあって、いつも仙台さんの思い通りに動くと思われたくない。それに、仙台さんが私の志望校にここまでこだわる理由がわからない。

「仙台さんに教える必要ない。……どうして同じ大学とか、近くの大学を受けさせようとするの？　どこ受けたっていいじゃん」

ちょっと声が荒くなったけれど、怒ったわけじゃない。でも、仙台さんは難しい顔をして黙り込んだ。

私は、唐突にできた沈黙を埋めるようにサイダーを飲む。

こっちが悪いみたいで、落ち着かない。

寒いわけではないけれどエアコンの温度を上げようとリモコンに手を伸ばすと、仙台さんが口を開いた。

「――宮城は私に会いたくない？」

要点が省かれた質問は極端に小さな声というわけではなかったけれど、迷子が道を尋ねるときのような不安が滲《にじ》んだ声で、仙台さんから初めて聞くものだった。

「約束したじゃん。卒業式が終わったら、仙台さんには会わない」

わざわざ言いたくはなかったが、過去の約束を引っ張り出して彼女に突きつける。

肝心な部分が抜けている質問ははぐらかしてしまうこともできたけれど、普段聞かない声に不誠実な答えを出すことはできなかった。

「その約束は覚えてる。でも、そうじゃなくて、卒業した後、会いたくはならないのって聞いてる」

「……仙台さんは？」

「私は宮城に会いたいと思うし、会えたら楽しいと思う」

質問に質問を返すなと言われると思っていたのに、仙台さんが素直に尋ねたことへの答えを口にする。

「宮城がどう思ってるか知らないけど、この部屋に来るの結構楽しみになってるから、それがなくなったらつまらない」

仙台さんがいつもは言わないことを言う。

会いたい。

そんなことは誰でも言えるし、今日はそう思っていても明日は違うかもしれないと思う。

お父さんだって、もっと早く帰るだとか、ご飯を一緒に食べようだとか、会えたときのことを約束する。

でも、そのほとんどは叶《かな》わなかった。

お母さんもずっと一緒にいると言ってくれていた。

でも、私の前から消えてしまった。

約束はチョコレートのように甘く、溶けやすい。

すぐに崩れてなくなってしまう。

期待するなんて無駄なことに飽きてから、何年もの時間が経《た》っている。

そして、仙台さんは約束を守らない。

私とした約束を破ってばかりいる。

だから、仙台さんが言う〝会いたい〟なんて信じられない。

数少ない守っている約束はネックレスをつけるという約束だけれど、今日は制服じゃないからつけているのかわからない。つけていると信じることもできない。

もしも、いつもの放課後のようにネックレスが見えたら仙台さんの言葉を信じられるのかもしれないと思う。でも、確かめる勇気が出てこない。代わりに出てくるのは、憎まれ口ばかりだ。

「この部屋に来るのが楽しみって、嘘でしょ。お金で放課後に呼び出されて、命令されて面白いわけないじゃん」

「命令されて面白かったら変態みたいじゃない？」

「それ、ずっと楽しくなかったってことでしょ」

冷たく言うと、仙台さんが眉根を寄せる。

「楽しくなかったっていうか、最初は宮城のことよく知らなかったし。大体、宮城だって、最初は私といてもそれほど面白くなかったでしょ」

気まぐれで始まった関係はなくなってもいいもので、最初は飽きたら仙台さんをこの部屋に呼ばなければいいくらいにしか思っていなかった。けれど、彼女ほど面白くなかったわけじゃない。

「仙台さんが私のいうことをきくのは面白かった」

「そういうところ、性格悪いよね」

「仙台さんにだけね」

呆《あき》れたような声に短く返すと、隣からため息が一つ聞こえて「宮城」と真面目な声がした。

「今は？　一緒にいたら楽しいって思う？」

楽しいか、楽しくないか。

どちらか一つを必ず選ばなければならない。

そうなったら、条件がつくけれど選ぶほうは決まっている。

「……仙台さんが変なことしなければ」

「それは楽しいってこと？」

「そう思いたいなら思えば」

ぼそりと言って、床を見る。

ワニと目が合って、すぐにそらして仙台さんの足に視線を合わせる。

「ねえ、宮城。卒業しても会いたいって言いなよ。変なことしないからさ」

彼女が私に言わせようとしていることは、約束を破ることに近づく言葉だ。仙台さんを信じられないまま口にしたくないし、口にしてなにかが変わってしまっても困る。

黙っていると、仙台さんが長く息を吐いてベッドに寄りかかった。

「じゃあさ、会う会わないは別にして、どこの大学でもいいから受かったら教えてよ」

「なんで仙台さんに教えないといけないの」

「勉強仲間だから。友だちじゃなくても一緒に勉強してきたわけだし、教えてもよくない？」

「そうかもしれないけど……」

「かもしれないじゃなくて、そういうことだから。受かったら大学教えてよ」

仙台さんが当然のように言って、結論を押しつけてくる。

私が受ける大学は決まっていて、それは仙台さんに伝わってしまった。私の決めてないなんて言葉は絶対に信じていない。だとしたら、受験が終われば教えなくても少し調べれば受かったかどうかなんてすぐにわかる。

黙っていても仕方がないことだと思う。

「わかった。……約束はしないけど」

「うん」

曖昧にでも譲歩した条件を受け入れたことに満足したのか、仙台さんが柔らかな声で返事をする。

じゃあ、勉強しよっか。

私は仙台さんがそう言うはずだと思って、テーブルに転がっていたペンを手に取った。

けれど、彼女は勉強を始めるどころか参考書とノートを片付け始める。

「今日はこれで帰る。来た時間も遅かったし」

彼女がこの部屋に来た時間が遅かったことは事実だ。でも、学校がある日はもう少し遅く帰ることもある。私は思わず仙台さんの腕を摑《つか》む。

「帰るの？」

すべてが丸く収まったわけではないし、解決したとも言い難《がた》いけれど、話したかったことはほとんど話した。勉強は口実だからしていなくてもいい。

だが、用事が済んだとばかりに帰られるのはあまり面白くない。

「帰るよ」

冬休みに仙台さんを呼び出す約束のために払った対価を思い出すと、こんな風にあっさりと帰られたくないと思う。

もう少しくらいいてくれたっていい。

私には、それを受け入れてもらう権利があるはずだ。

けれど、その権利を行使するには彼女の固そうに見える意思を軟化させなければならない。

「……キスは？」

立ち上がろうとする仙台《せんだい》さんを引き留める言葉は、これくらいしか思い浮かばない。

「キス？」

「条件にしたの、仙台さんじゃん」

「今日、勉強教えてないし」

良識ある行動とは言い難いことばかりしてくる仙台さんが道理をわきまえたことを言うから、私は腕を摑んだ手に力を込める。

「宮城《みやぎ》、痛い」

「勉強教えてから帰ってよ。昨日、電話でした約束守って」

「今から勉強したら遅くなるし」

私は仙台さんの腕を離す。

そして、息を小さく吸う。

頭に浮かんだ言葉を口にするべきか迷ってから、静かに告げる。

「――遅くなったら、泊まればいい」

「え？」

「仙台さん、電話で言ったじゃん。泊めてって」

彼女が言ったから。

だから、それを叶えてあげるだけだ。

「泊まってもいいんだ？」

「今日、親いないから一人だし」

「それ、変な意味に聞こえるんだけど」

親がいないというのはそのままの意味で、今日もお父さんが帰ってこないということだ。そこに別の意味がくっついていたりはしない。変な意味に聞こえるというなら、それは仙台さんが変なだけだ。

「やっぱり帰って」

腕を押して仙台さんを遠ざけると、「冗談だから」と返ってくる。

彼女の冗談は趣味の悪いものばかりで、冗談にしては重すぎる。真に受けて真剣に答えると、こっちが痛い目にあうから嫌になる。それでも念には念を入れておかないと、仙台さんはなにをするかわからない。

「……絶対に変なことしないって約束するなら、泊まってもいい」

「それ、女子をお泊まりに誘う台詞《せりふ》じゃないよね」

「仙台さん、自分が今までしたこと考えて。勉強教える気がないなら下まで送る」

そう言うと、仙台さんが「一応、家に連絡する」と言って鞄《かばん》からスマホを取り出した。

第4話　冬休みも宮城は不機嫌だ

卒業しても宮城に会いたいと思う。

なんて、言わなくていいことまで言った気がする。

余計な言葉が宮城にどう思われたのかわからないし、あのまま勉強をする気分になれなくて早く帰ろうと思ったのに私は帰れずにいる。それどころか、宮城がわけのわからないことを言い出して泊まっていくことになった。

遅くなったら、泊まればいい。

追い返されることはあっても、そんなことを宮城が言うとは思わなかった。今も、さっきのは全部嘘《うそ》、なんて言われそうな気がしている。

今日呼び出されたのはなにか話があるからだとは思っていたけれど、いい話ではないと思っていたし、実際にあまりいい話ではなかった。

卒業式を待たずに関係を解消すると言い出してもおかしくない。

そう思ってここへ来たから、私がどこにいようと関係ないが体裁だけは気にする親に形だけの連絡をして、宮城家に泊まることになった今の状況が上手《うま》く飲み込めない。

「仙台さん、冷蔵庫」

ぼんやりしていると背後から声をかけられて、開けっぱなしにしていた冷蔵庫を閉める。

「あ、ごめん」

勉強よりも先に食事をしよう。

どちらが言いだしたというわけでもなく、自然にそうなった。

体にスイッチがついていれば一瞬で勉強モードに入ることもできたと思うけれど、私たちはすぐに気持ちを切り替えることができず、二人でキッチンへやってきた。

そこまではいいが、問題が一つある。

それはこの家の冷蔵庫だ。

「相変わらずなにも入ってないんだけど」

「人参《にんじん》、入ってる」

宮城に言われて野菜室を開けると、広い空間に人参が寂しそうに転がっていた。

「野菜ってこれだけ？」

「あとこれ」

人参を手に取って振り向くと、じゃがいもが入った袋を押しつけられる。そして、さらにシチューのルウを渡されて、夕食のメニューが導き出される。

「……たんぱく質ないよね」

シチューが食べたくて宮城が用意しておいたのか、たまたまあったのかはわからないが、野菜だけでは材料が足りないと思う。

「たんぱく質ってお肉？」

「そう。代わりになるものないの？」

調理台に人参とじゃがいもを置いて尋ねる。

肉がなくてもシチューは作れるが、たんぱく質が入っていないシチューは少し寂しい。

「これは？」

まな板と包丁を引っ張りだしていると、宮城がコンビーフの缶詰を持ってくる。

「いいのあるじゃん。あとは私がやるし、宮城は座ってていいよ」

いても邪魔になるだけとまではいかないけれど、彼女は夕飯作りの戦力にならない。包丁を持たせたら指を切るのではないかと心配になるし、鍋を任せたら勝手になにか入れそうで不安になる。彼女の様子を見ながらハラハラしているよりは、一人で作ったほうがいい。

それに、今日は沈黙が怖い。

会話が途切れると宮城の存在が気になって仕方がなくなる。遠ざけておいたほうが落ち着いて夕飯を作ることができそうだと思う。

黙っていたくない理由はわかっている。

言いたいことを言っただけでなく、泊まっていくことになってしまったせいか、宮城が近くにいると心の奥がざわざわする。彼女がなにを考えているのかとか、思っているのかとか、そんなことばかりが気になってしまう。

たぶん、宮城も私と変わらないはずだ。

そわそわしながら会話の糸口を探してるように見える。

だから、少しの時間でいいから物理的に距離を置いたほうがいい。シチューができるころには、今よりもいつもの私たちに近づいているはずだ。けれど、宮城がキッチンから出て行かない。

「手伝わなくていいから、向こうで待ってなよ」

じゃがいもを洗いながらリビングを見て、視線で彼女がいるべき場所を示す。でも、宮城は私から洗ったばかりのじゃがいもを奪った。

「……手伝う」

不機嫌な声が聞こえてくる。

どうして。

宮城だって、側《そば》にいるより少し離れているほうがいいと思っているはずだ。それなのに、わざわざ珍しいことを言ってくる理由がわからない。

「手伝うってなにするつもり？」

「じゃがいもと人参の皮剝《む》く」

そう言って包丁を手に取ると、宮城がじゃがいもと格闘を始める。

私は思わず彼女の手元をじっと見る。

「……なに？」

宮城がさっきよりも不機嫌な声をだす。

「いや、別に」

キャベツの代わりに手を切った人間が、進んで手伝いをするとは思わなかった。

鍋を用意して隣を見ると、やけに皮が厚く剝かれたじゃがいもが並んでいる。

「皮を剝いた野菜、私が切ろうか？」

「いい。やる」

「大丈夫？」

「仙台《せんだい》さん、うるさい。話しかけられたら気が散る」

そこまで集中しなければ野菜を切ることができない人間に、じゃがいもと人参を任せて良かったのか不安になってくる。けれど、今の宮城《みやぎ》から包丁を取り上げることは難しそうで、私は彼女が危なっかしい手つきで野菜を刻んでいく姿を見守ることしかできない。

ダン、ダンという重い音とともに、不揃《ふぞろ》いの野菜がまな板の上に並んでいく。私は油をひいた鍋に宮城が切った野菜たちを放り込み、炒《いた》める。コンビーフも炒めて水を入れて煮込み始めると、できることはあくを取ることくらいで沈黙が生まれる。

宮城が困ったように「仙台さん」と私を呼び、「あっちで座ってるから」と続ける。

「うん」

キッチンに残された私は、玉ねぎが足りない鍋を見ながらあくを取る。

今日、宮城は志望校をはっきりと言わなかった。

でも、宇都宮《うつのみや》から聞いた話が正しいことはわかった。

わかっただけで現状は変わらないし、この関係が終わる日も決まっている。どういうわけか宮城の意志は固そうで、私がなにを言っても今の状況が変わることはなさそうだ。

けれど、宮城も私と一緒にいて楽しいと思っているということがわかった。そして、たぶん、きっと、ほんの少しくらいは卒業しても会いたいと思っている。

今はそれで良しとするしかない。

私はあくを取って火を止め、シチューのルウを割り入れる。

ぽちゃんと落ちた塊が溶けて、鍋の中を白く染めていく。牛乳はなかったから入れずに火をつけてぐつぐつと煮込んでいると、宮城がリビングから「できた？」と聞いてくる。

「もうすぐできる。お皿用意してよ」

「わかった」

そう言うと、宮城がご飯を盛り付けたカレー皿を二つ持ってくる。

「ご飯はいいから、シチュー入れるお皿持ってきて」

「持ってきたけど」

「どこに？」

「ここに」

宮城がご飯がのったカレー皿を調理台に置く。

「……今日、シチューなんだけど」

「わかってるから、お皿持ってきた」

私は、宮城が持ってきたカレー皿を見る。

ご飯がのったお皿から導き出される答えは一つしかない。

「宮城ってご飯にシチューかけるの？」

「え？　仙台さんってご飯にシチューかけないの？」

「かけないでしょ、普通」

「かけるって、普通」

意見が合わない。

その上、間違っているのはそっちだと言わんばかりの顔で宮城が私を見てくる。

「かけるのはカレー。シチューはかけない」

「シチューはカレーの仲間じゃん。それに、かけたほうが洗い物が少ない」

「そういう問題じゃないと思うんだけど」

「お腹《なか》に入ったら同じだし」

面倒くさそうに言う宮城に押し切られて、カウンターテーブルにカレー皿が二つ並ぶ。もちろん、お皿にのっているのはシチューがかけられたご飯だ。

「いただきます」

宮城がカレーのようにシチューを食べる。

「……いただきます」

私もスプーンでシチューとご飯をすくって、口に運ぶ。こんな風にしてシチューを食べるのは初めてだけれど、食べたらそれほど気にならない。宮城に合わせるのも悪くはないと思う。

絶対にシチューとご飯を分けたいわけではないし、宮城の家だから彼女に従うことに異存もない。そして、もっと言えばこんなことはどうでもいい話で、今日はどうでもいい話をしているほうが気が楽だ。

けれど、どうでもいい話なんて長くは続かない。

すぐに会話が途切れて、スプーンがお皿に当たる音だけになる。

やっぱり今日は沈黙が重い。

「宮城は大晦日《おおみそか》も一人？」

沈黙を埋める適当な話題が見つからなくて、当たり障《さわ》りのないことを口にする。

「大晦日は親がいるから」

「そっか」

「お正月、仙台さんは初詣に行くんだっけ」

思い出したように宮城が言って、シチューを一口食べる。

「そう。宮城も一緒に行く？」

「行くわけないじゃん。茨木《いばらき》さんと一緒でしょ」

「一緒じゃなきゃ行くんだ？」

「……行かない」

宮城がそっけない声で私の言葉を否定する。

彼女のこういう態度は嫌いじゃない。

ちょっとした冗談に機嫌を損ねているところを見ると、もっとつつきたくなる。実際にこれ以上踏み込むと機嫌がもっと悪くなって後悔することになるからしないけれど、可愛《かわい》いと思う。

でも、この話題を避けるとなると話すことがそうない。冬休みの予定も受験のことも弾むことなくすぐに終わる会話だ。そうなると、触れないほうがいいとわかっている話題に触れたくなる。

「今までさ、泊まっていけばなんて言ったことなかったよね。……今日はなんで？」

宮城の言葉はそのままの意味で、そこに深い意味なんてないことはわかっている。

誰かと一緒に夕飯を食べたかっただとか、年末に一人は寂しいだとかそれくらいのことだと思う。宮城がなにかを期待して私を泊めるなんてあるわけがない。

それでも、まったく意識せずにいるなんて無理だ。

宮城に期待してしまいそうになるから、違うとわかる言葉がほしい。

「……勉強教えてって言ったじゃん」

「それは聞いた」

「じゃあ、聞かないでよ」

冷たい声で宮城が言う。

冬休みに勉強を教えるという約束。

それは今日、私を呼び出す口実でしかなかった。だから、勉強なんて言われても納得できないけれど、宮城はそれ以上の理由を教えてくれない。

「仙台さん、お皿洗っておいて」

いつの間にシチューを食べ終わったのか、宮城が立ち上がる。

「いいけど」

私はさっさとリビングを出て部屋に戻っていく宮城を見送って、シチューを食べる。そして、食器を洗ってから部屋へ戻ると誰もいなかった。

なんとなくほっとして、ふう、と息を吐き出すとドアが開く。

「お風呂《ふろ》、先に入れば。着替えは私のスウェットでいいよね？」

部屋へ入ってきてすぐにクローゼットを開けた宮城に尋ねられて、私は「え、あ、うん」とはっきりとしない返事をすることになる。

「じゃあ、これ。着替えとタオル」

紺色のスウェットと白いタオルを渡される。

「お風呂、沸かしてあったんだ」

「食べる前にお湯出しておいた。ドライヤーとかそういうの、向こうに全部用意してあるから」

背中を押されはしなかったけれど追い出すように言われて、バスルームへ向かう。

洗濯機の前にカゴが置いてあって、そこにスウェットを入れる。

そっか。

そうだよね。

着替え持ってきてないんだから、こうなるよね。

雨に濡《ぬ》れてこの家に来た日、宮城の服を借りた。

体育の授業で体操服を忘れて、ほかのクラスの友だちに借りたこともある。他人の服を着ることなんて、たいしたことではない。

でも、今日はやけに気になる。

気にしちゃいけないと思う。

スウェットはただの布きれで、意識するほどのものではない。

泊まるために必要なものを持っていないのだから、宮城のスウェットを借りることは変なことではないし、当たり前のことだ。

こんなことを気にするほうがおかしい。

私は頬をパンと叩《たた》いてから、ペンダントを外す。

スウェットの上にそれを置いて、服を脱ぐ。

後ろが気になって振り向くと、鏡に映った自分が見える。いつもと変わらない私が映っているだけなのに、見ていられない。視線を外して洗面台を見ると、ドライヤーやヘアブラシが置いてあった。

当然だけれど、ここにあるものは全部宮城の家のもので私のものではない。

目をぎゅっと閉じて、開く。

宮城の部屋ではないだけでここも彼女の家の一部なのに、どこを見ても見慣れないものばかりで落ち着かない。知らない場所に迷い込んだかのようにそわそわして背中が丸まりそうで、小さく息を吐く。

手を握って開いて、髪をまとめてから、バスルームのドアを開けて中へ入る。

私の家とは違うシャワーと浴槽。

並んでいるシャンプーやリンスも違う。

お湯は入浴剤で白く濁っている。

かけ湯をして、お湯につかる。

膝を抱えて、辺りを見回す。

駄目だ。

シチューを食べ過ぎたわけでもないのに胃が重い。

お風呂に入ると、リラックスするなんて嘘《うそ》だ。

落ち着かないし、緊張している。

お湯はコンクリートみたいに私の体を固めるだけのものでしかなく、これで体がほぐれるなんて信じられない。

理由はわかっている。

それはここが宮城《みやぎ》の家のバスルームで、この家に彼女しかいないからだ。宮城以外誰もいないことはいつものことだけれど、今日は状況が違う。

私は両手でこめかみをぐりぐりと押して、息を吐く。

「このあとは勉強するだけだし、大丈夫」

なにが大丈夫かわからないが、自分に言い聞かせるように呟《つぶや》いてお湯から出る。

一緒にご飯を食べて、お風呂に入って眠る。

宮城は友だちではないけれど、どれも友だちの家に泊まればすることだ。意識するほど

のことではない。こういうときは、やるべきことをさっさとやってしまったほうがいい。

私は髪と体を洗って、バスルームを出る。

体を拭いて、借りたスウェットを着る。

ペンダントをつけて鏡を見ると、宮城の服を着た私が映っている。サイズは丁度良いように見える。窮屈ではないし、大きすぎることもなかった。

けれど、しっくりとこない。

服の中に体がしっかりと収まっている感じがしない。ただの布のくせに、着ていると宮城が近くにいるような気がしてくる。

「スウェットはスウェットだし」

馬鹿馬鹿しい。

気がしてくるくらいのものに振り回されても仕方がない。

洗面台に置かれたドライヤーを手に取ってスイッチを入れる。髪を乾かし始めると、すぐにシャンプーの匂いが宮城と同じだなんて当たり前のことに気がついて手が止まる。ごうごうとうるさい音とともに生温かい風が、無意味に髪に当たり続ける。

「……なんなの、私」

大きなため息を一つつく。

小さなものも積み重ねれば大きくなる。

普段は気にもしていない宮城のものが私にいくつも纏《まと》わりついてきて、頭の中がそれに支配されていく。

ため息がまた出そうになって、飲み込む。

私は止まっていた手を動かして、髪をしっかりと乾かせたのかわからないまま部屋へ戻る。

「ただいま」

本を読んでいる宮城に声をかけるが、「おかえり」とは返ってこない。彼女は黙って立ち上がると、クローゼットを開けた。

「冷蔵庫の麦茶、勝手に飲んでいいから」

私を見ずに言い、宮城が着替えらしきものを手にして「お風呂入ってくる」と部屋を出て行く。残された私は彼女に言われた通り、キッチンから麦茶を持ってきて半分くらい飲む。そして、テーブルの上へグラスを置いて本棚の前に立つ。

そこには、私が渡した黒猫のぬいぐるみが一匹。

宮城について私が知っていることはそう多くないけれど、並んでいる本は彼女が好きなもので間違いない。その好きなものと一緒に置かれている黒猫は、思っていたよりも大事にされているように見える。

ぬいぐるみを手に取って頭を撫《な》でる。

「良かったね」

黒猫は生きているわけではないけれど、ぞんざいに扱われるよりは大切にされるほうがいい。

黒猫の鼻先にキスをして、元いた場所に戻す。

それにしても、することがない。

本を読むような気分にはならないし、テレビを見たいわけでもない。

私は麦茶の入ったグラスを空にする。受験生らしく空いた時間を勉強に費やすことにして、テーブルの上に参考書やノートを並べていく。うろうろと部屋の中を歩き回っているよりは有意義に時間を過ごせるはずだ。

参考書をめくって問題を解いていると、お風呂に入っているときよりも気持ちが落ち着く。しばらくすると宮城が戻ってきて、そのまま勉強会が始まる。

「すっぴんなんだ」

ちらりと私を見た宮城がぼそりと言う。

隣に座っている彼女は、お揃《そろ》いではないけれど私と似たようなスウェットを着ている以外はいつもと変わらない。メイクをしていない宮城だ。

「お風呂入ったしね」

勉強が終われば寝るだけだからわざわざメイクをしても仕方がないし、宮城にはお見舞いに来たときにも素顔を見られている。それでも今の私を見て宮城がどう思ったのか気になった。けれど、それ以上はなにも言ってこなかったから、彼女の気持ちを知ることはできない。

私たちの間に残ったものは沈黙で、ページをめくる音とペン先が立てる音だけがやけに大きく聞こえる。

会話と呼べるものはない。

口を動かすのは、宮城のちょっとした質問に答えるときくらいだ。

静かにしているからといって、集中しているわけではない。隣がまったく気にならないなんて言えないし、宮城も集中しているとは言い難《がた》い。

それでも勉強を続けて二時間とちょっと。

唐突に宮城が「寝る」と言った。

受験生だということを考えると勉強をした時間が短いけれど、あまり身が入らないまま続けても仕方がない。足りない分は後から取り戻すことにして、私も参考書やノートを片付ける。

「仙台《せんだい》さん、一緒に来て」

宮城が立ち上がって言う。

「いいけど、なに？」

「別の部屋に来客用の布団《ふとん》があるから取りに行く」

宮城に言われて気がつく。

当然のことだが、この部屋にはベッドが一つしかない。

「……私が寝る布団？」

「そう。持ってくるの手伝って」

「わかった」

当たり前だと思う。

友だちの家に泊まると、大抵はどこからか布団が出てくる。それを考えれば来客用の布団が出てくることは珍しいことではないし、宮城が同じベッドで寝ようなんて言うわけがない。

私は彼女の後について部屋を出る。

リビングの奥《おく》、宮城がふすまを開けて和室へ入る。今まで入ったことも見たこともなかった和室には押し入れがあって、そこから布団が出てくる。私たちはそれを部屋に運んで床に敷く。

「電気消すから」

枕元にスマホを置くと、そっけない声が聞こえてきて私が返事をする前に部屋が暗くなる。

「おやすみ」

常夜灯まで消された真っ暗な部屋の中、宮城に声をかける。

「……おやすみ」

小さな声が返ってきて、音が消える。

しんと静まった部屋は、数え切れないほど来ている宮城の部屋とは思えないほど居心地が悪い。横になっていても背中になにか張りついているような違和感がある。着ているスウェットが宮城のものだということも、落ち着かない原因の一つになっていると思う。

目をぎゅっと閉じる。

暗闇が溶けて、違和感と混じり合う。

――わかっていたけれど、眠れない。

目を閉じたり、開いたり。

ごろりと体の向きを変えてみたり。

いろいろ試してみるけれど、睡魔はやってこない。羊を数えたら、一万匹くらい数えられそうな気がする。枕が変わると眠れなくなるほど繊細だった記憶はないけれど、朝まで眠れなくてもおかしくない。

布団の中にスマホを引きずり込んで時間を確かめると、最後に見てから十分も経《た》っていなくて体を起こす。

「起きてる？」

私と同じように眠れていないかもしれない宮城に向かって声をかけるが、返事がない。

「宮城、起きてるんでしょ」

眠っていたらずるい。

そんな気持ちを込めて少し大きめの声で呼ぶ。けれど、やっぱり返事がなくて、私は暗闇に目が慣れないままベッドに近寄って声をかける。

「寝たふりしてるなら起きなよ」

さすがに起きていいと思うけれど、宮城が起きた様子はない。

ありえない。

私が眠れないのに宮城は眠っているなんて。

なにも言わない宮城《みやぎ》に向かって手を伸ばす。

ふにゅっと柔らかいものに触れて、それが頬だとわかる。輪郭を辿《たど》って闇と同化している髪に触れると、さらさらしていて触り心地がいい。前髪らしきものを軽く引っ張ってみる。だが、宮城が動いた気配はない。

「……志緒理《しおり》」

耳のあたりに唇を寄せて小さく呟《つぶや》くと、まったく動かなかった体が動いて私から離れた。

「名前、呼ばないでよ」

不機嫌な声が暗闇に響く。

「起きてるじゃん」

「仙台さんのせいで目が覚めただけ」

そう言うと、宮城がごそごそと起き上がって常夜灯をつける。

「眠れないし、話し相手になってよ」

話したいことがあるわけではないけれど、羊を数えているよりはいい。私は返事を聞かずに、ベッドに腰掛ける。

「ならない。ここ、私の陣地だから座らないで」

宮城が結構な力で私の肩をぐいっと押してくる。

「陣地って、小学生じゃないんだからさ」

「いいから降りて。自分の陣地に戻ってよ」

「自分の陣地って、私の陣地どこなの」

「そこ」

そう言って宮城が指さした先は床に敷かれた布団で、私は大人しく立ち上がる。

「はいはい。陣地に戻ります」

一歩、二歩と歩いて布団に潜り込む。

私と宮城は違う。

キスしたいと思うのも、触れたいと思うのも、大抵は私だ。今だって宮城にキスしたいし、もっと触れたいと思っている。こういう感情が宮城にまったくないとは思えないけれど、私と同じように思っているようにも見えない。思っていたとしても、きっと私の半分、いや、それ以下に違いない。

「寝る。おやすみ」

起きていても解消のしようがない感情が大きくなるだけだから、目を閉じる。

「さっき、眠れないって言ったじゃん」

声をかけられて、ごろりとベッドのほうへ体を向ける。

「言ったけど、寝る」

「なんで急に」

話し相手になることを拒否したはずの宮城が、眠ろうとする私を引き留めるように言う。

黙っていてくれたら眠れるかもしれないのに声をかけられるから、ただでさえ遠くにいる睡魔がさらに遠のいていく。

「宮城の信用を裏切らないでおこうと思って」

目を閉じたまま答えると、すぐに「なにそれ」と返ってくる。

「私が変なことをしないって信じたから泊めてくれたんでしょ」

「そうだけど」

「だから、おやすみ」

眠たいわけではないけれど、強引に会話を締めくくる。宮城が「仙台さん」と呼んでくるが答えずにベッドに背を向けると、背後からごそごそと音が聞こえてきた。

すぐに掛《か》け布団《ぶとん》の端が沈むような感覚があって体を起こす。ベッドのほうを見ると、ベッドではない場所にいる宮城が目に映る。

「ここ、私の陣地なんだけど」

自分の陣地に戻れと言ったはずの宮城が、何故《なぜ》か私の陣地である布団の端にちょこんと座っている。

「この部屋は私の領土だから、ここも私のものだし」

不法侵入してきたはずの宮城が私から布団の所有権を取り上げ、掛け布団を剝ぐ。返せというなら掛け布団は諦めてもいいけれど、陣地は黙って明け渡すつもりはない。

「そういうの、ずるいから。大体、そんなことさっき言ってなかったじゃん」

「泊めてあげてるんだし、私はずるくてもいいの」

そう言うと、宮城が布団の端から隣へやってくる。

そして、私の首筋に触れた。

宮城に聞こえたのではないかと心配になるほど、どくん、と大きく心臓が鳴る。

ぴたりと首筋にくっついた手に怯《ひる》んで体が硬くなる。

宮城に触れたいと思っていた。

でも、宮城から触れられるとは思っていなかった。

「私を起こした仙台さんが悪いから」

言い訳のように呟き、宮城が首筋に手を這《は》わせてくる。指先が下りていき、スウェットの首元に辿り着く。けれど、躊躇《ためら》うように止まって中へは入ってこない。

宮城の手首を摑《つか》む。

けれど、彼女の指先は離れず、強く押し当てられる。

私は手首を摑んだ手に力を入れる。

「仙台さん、はなして」

放課後、この部屋で命令しているときと同じ口調で宮城が言う。

彼女がしたいことがなにかはわかる。何故、目的を言わないのかはわからないが、ペンダントをしているか確かめたいに違いない。

「手、はなしたらなにするの？」

見せてと言われたら見せる。

ペンダントはそういう約束とともに渡されたもので、約束を守ることに異論はない。でも、まだ見せてと言われていないし、五千円が介在していない今日は命令する権利は宮城にない。

「言う必要ない」

そっけなく宮城が答える。

「じゃあ、はなさない」

いつもの放課後だったら手を離すことができたけれど、今日は勝手に確かめられたくない。

「……手、はなしてよ」

懇願に近い声が聞こえて、思わず手の力を緩める。

宮城が私にするのは命令で、お願いなんてしない。

それでも今の声は、お願いと言ってもいいものだった。

冬休みに入った今、命令をきく必要はない。

もちろん、お願いだってきく必要はない。

けれど、どうしても拒否しなければならないことでもないと思う。

「まあ、いいけど」

摑んでいた手首を離すと、指先が首元から入り込んでペンダントのチェーンに触れる。

そして、それを撫《な》でるわけでも、指先をもっと中へ潜り込ませるわけでもなく、宮城はペンダントを引っ張り出した。

「約束、守ってるんだ」

ほんの少しだけ柔らかな声の後、指先がチェーンを辿って月の形をした飾りに触れる。

「一応ね」

短く答えると、ペンダントトップが引っ張られる。

「……破る約束もあるのに」

「守る約束もあるんだからいいでしょ」

「全部守ってよ」

「自信ない」

こういうとき、嘘《うそ》でも全部守ると言えばいいのだと思う。

でも、全部守ると言ったら、どんな約束をさせられるかわからない。宮城はときどき突拍子もないことをするし、言う。無理難題を押しつけられたら、約束を守る自信はない。今でさえ守れない約束がいくつもあるのに、全部なんて無責任な約束はできない。

「仙台《せんだい》さんのそういうところ、好きじゃない」

あからさまに低くなった声が聞こえて、ペンダントから手が離れる。

「知ってる」

「そういうこと言うところも」

声がさらに不機嫌なものに変わって、反射的に宮城の腕を摑む。

私と宮城の距離は変わっていない。

けれど、宮城が遠のいた気がする。

いつもとは違うなにか。

そんなものを感じるが、それがなにかはわからない。

でも、私が失敗したことはわかる。

自信がなくても、約束は全部守ると言うべきだった。

それがどんな意味を持つのかわからなくても、口にすれば良かった。

「もう寝るから」

そう言うと、宮城が私に腕を摑まれたまま立ち上がろうとする。手に力を込めると、宮城が「痛い」と責めるような口調で言った。

「もう少し起きてなよ」

このまま寝てしまうと、宮城がもっと遠くに行ってしまう気がする。

「やだ」

短い言葉とともに、宮城が強引に私の手を剝がそうとする。

手の甲に爪が刺さり、皮膚を裂くつもりなのかと思うほど深く食い込む。鋭い痛みに宮城の腕を強く引く。乱暴にしたつもりはなかったが上手《うま》く加減が出来なくて、バランスを崩した宮城が私の肩を摑んだ。

「危ないじゃん」

怒ったように言った宮城を腕の中に閉じ込める。

物理的に近づいた距離に甘えて、私は彼女に唇を寄せた。

吐き出す息が混じり合う距離になっても、宮城《みやぎ》は動かない。

だから、躊躇うことなく唇を重ねる。

キスなんてこれまでに何度したかわからないのに、心臓が驚く。どくん、という音が聞こえてくるような気がする。

強く唇を押しつけると、目を閉じていても触れ合った部分から唇の輪郭がわかるほど鮮明に柔らかさが伝わってくる。けれど、すぐに肩を押されて黒猫のぬいぐるみよりも柔らかな唇が遠のく。

「仙台さん、変なことしないって言ったじゃん」

ぼそりと宮城が言って、腕の中から逃げ出す。

「さっき勉強教えたし、キスは変なことじゃないでしょ。約束だし、権利の行使」

キスは、冬休み前にした勉強を教えるという約束に含まれている。

今日は宮城との〝変なことはしない〟という約束を優先させるつもりで、その権利を行使する予定はなかったけれど、彼女も逃げなかった。だったら、もう一度したっていいと思う。

私は手を伸ばして、隣にいる宮城の唇に触れる。

けれど、キスをする前にその手を摑まれ、押し倒される。

布団《ふとん》があるから背中は痛くなかったが、痛くなければいいというものではない。

「今そういうことしたってことは、してもいいってことだよね」

宮城の声が降ってくる。

してもいい。

それがなにを指しているかは想像できた。

でも、それは宮城が言っていた〝変なこと〟で、この状況を受け入れていいか迷っているとスウェットの裾を掴まれる。

「宮城、いいって言ってない」

「じゃあ、いいって言って」

これから〝変なこと〟をしようとしているとは思えないほど機嫌の悪そうな声が聞こえてくる。宮城に甘い言葉なんて期待はしていないが、声に棘《とげ》がありすぎる。

「言わない」

そもそも今日は、そういうことはしない約束だ。

私はスウェットの裾を掴む手を叩《たた》いて、「はなして」と告げる。だが、服の中に手が入り込んできて脇腹を撫でられる。

「ちょっと、宮城」

「約束破った仙台さんが悪い。変なことしないって言ったのに」

「キスは約束でしょ」

冬休み前に得た権利を主張するけれど、宮城は手を止めない。

指先が脇腹をゆっくりと上っていく。

「さっきの、キスするタイミングじゃなかった。するなら、勉強終わったときにすれば良かったじゃん」

「タイミングまでは指定されてない」

宮城が手を止める。

そして、私を見つめてくる。

「――やっぱり仙台さんは信用できない」

小さな声で宮城が言って、スウェットを胸の下あたりまでまくり上げてくる。

お腹《なか》が見えることはたいしたことではない。

常夜灯の下でどころか、灯《あか》りがついた部屋ですでに見られている。ただ、守るものがなくなったお腹は随分と頼りない感じがする。

ぺたり、と宮城がおへその横あたりに手を置く。

伝わってくる熱から、手のひらが全部押しつけられていることがわかる。

強すぎるくらいに押しつけられた手は迷うように動いていく。

ゆっくりと肋骨《ろっこつ》の一番下に熱が移動する。

気持ちがいいというよりはくすぐったい。でも、宮城の下から逃げ出したいほどではないし、もう少しくっついていてもいいと思う。けれど、彼女の手は躊躇《ためら》ってばかりで、肋骨を一本撫でて止まり、先へ進もうとしない。

宮城の手が目指している場所がどこかはわかっている。

今すぐ彼女の手を掴んで剝がしたほうがいい。

今日は、そういうことをしないと約束している。

「宮城」

手を掴むかわりに名前を呼ぶと、肌の上から伝わってきていた熱が消える。でも、すぐに体温が流れ込んできて、胸の下まで撫で上げられた。

「……してるんだ」

独り言のように宮城が言う。

主語が省かれていたけれど、それが下着のことだということはすぐにわかった。

「してるよ、自分の家じゃないし」

「……外してもいい？」

宮城が私を試すように言って、胸の上に手を置く。そして、形を確かめるようにほんの少しだけ動かした。

布が間にあると言っても、宮城の手の感触も熱も伝わってくる。

気持ちがいいわけではないけれど、息が漏れる。

ストラップに指先が触れて、止まる。

許しを得るまでブラを外すつもりはないらしいが、体が硬くなる。変なことをするなと言った本人が変なことをしてくることは、想定していなかった。

答えを出すのは私で、宮城は待っている。

手を伸ばして宮城の頰に触れる。

指先で顎を撫でて、耳たぶをつまむ。

宮城がくすぐったそうに息を吐き出す。

「仙台さん」

答えを催促するように私を呼ぶ。

触れられたいし、同じように宮城に触れたいと思う。

心の中で『いい』と『いけない』が混じり合い、分離できない。

「――宮城にそれなりの覚悟があるならどうぞ」

変なことをしているのは私ではなく宮城だけれど、これも約束を破ったことの一つにカウントされるのかもしれない。

そう考えると、このまま続けてはいけないと思う。

きっと、カウントされるたびにスコアゲージの目盛りが増えて、限界が来たら宮城はどこかへ行ってしまう。でも、私からはそのスコアゲージを見ることができない。あといくつ約束を破っていいのかわからないから、宮城に選択肢を押しつけるしかない。

「覚悟って？」

「私が理性的じゃないってこと、知ってるでしょ」

宮城がしたように彼女のスウェットの裾から手を入れて、脇腹を撫《な》でる。

「……どういう意味？」

「わかってて聞いてるでしょ、それ」

宮城はなにも言わない。

「私は意味を教えてもかまわないけど、宮城はそれでいいの？」

ずるいと思いながら問いかける。

手を滑らせて、背骨にそってゆっくりと撫で上げる。

指先が下着に当たる。ホックに触れると宮城が驚いたように胸の上に置いていた手をどけて、体を起こした。

彼女は、私よりもはるかに理性的だ。

欲望に溺れる前に岸に向かって泳ぎ出すことができるし、私を助けてくれる。

「もういい」

隣に座って乱れかけた服を整えながら、宮城が言う。

「そのほうがいいと思う」

私も体を起こして、乱れた服を整える。

このまま続ければ、真夜中にこの家から追い出されるなんてことになったかもしれない。

宮城ならそれくらいのことをしそうだから、これで良かったはずだ。

でも、まだ宮城をベッドに帰したくないとも思っている。

私は隣にある手を握る。

「宮城」

小さく呼ぶと、宮城が私を見た。

顔を寄せて、唇を重ねる。

肩を叩かれたり、爪を立てられたりはしない。

嫌がってはいないとわかって、ゆっくりと顔を離す。

「このキスは宮城と約束したことの一つで、さっきの続きだけど、変なことしないでって言う？」

宮城の声は聞こえない。

彼女はなにも言わずに繋《つな》いだ手をほどいて、引っ張り出されたままのペンダントに触れてくる。

「もう少し権利を行使するから、怒らないでよ」

一応。

念には念を入れて。

断りを入れてから、私はもう一度宮城にキスをした。

第5話　仙台《せんだい》さんはいつだって優しくない

冬休み前、確かに約束をした。

だから、本当は勉強が終わったときにキスをするべきで今はそのタイミングではないけれど、仙台さんがしたいというならしてもいいと思ったし、「もう少し権利を行使するから」という彼女を特別に許してあげてもいいと思った。

でも、絶対に〝もう少し〟の範囲がおかしい。

怒らないでよと言ってから、彼女は私に一回キスをした。そして、私は今、三回目のキスをされた。権利を行使するのはかまわないけれど、自分で付け加えた〝もう少し〟を守るべきだと思う。まだ足りないというように顔を寄せてきている仙台さんは、明らかにキスをしすぎている。

私は、四回目のキスをされる前に彼女の額を押す。

「仙台さん」

手に力を入れて、近づいてきた顔を遠くへやる。

けれど、彼女は私の手を剝がして言葉を奪うようにキスをしてくる。

よく知っている柔らかさと熱が伝わってきて、すぐに離れる。そして、また唇がくっつく。

仙台さんの唇は心地が良いと思う。

さっき、彼女の体に触れたときは心臓が壊れそうだった。

いつもの倍くらい速く動いていたから、息がうまくできなかった。

手も顔も熱かったし、私が私じゃないような気がした。

今もドキドキはしているけれど、さっきとは違う。重なった唇から伝わってくる柔らかさや熱を気持ちがいいと感じる余裕がある。

でも、そろそろ終わりにしてくれないと困る。

私は、仙台さんの肩を押して体を離す。

「対価にしたって、キスしすぎ。こんなの少しじゃない」

そう言うと、彼女の指が唇に触れた。

「回数は指定されてない」

「じゃあ、今から指定する」

「その指定の適用は次回からだから」

私の言葉を軽く否定する声が聞こえて仙台さんの唇が触れてくる。

何度も、何度も。

数えることが面倒になるくらい仙台さんが行使した権利はすべて触れるだけのキスで、今も唇が触れているだけだ。〝変なこと〟にならないように配慮しているのかもしれないけれど、仙台さんらしくない。

私の知っている仙台さんは強引で、エロくて、優しくない。

こんな風に触れるだけのキスしかしてこない彼女は、優しすぎると思う。心地の良いキスに物足りなさを感じているわけではないけれど、調子が狂う。

もう少しくらいなら、踏み込んだキスをしてもいいような気がしてくる。

——駄目だ。

こうやって仙台さんを許し続けていたら、またおかしなことになる。そもそも仙台さんは、意味もなく私に優しくしたりしない。

「これ以上したら本気で怒る」

唇が離れた瞬間、次のキスをされる前に断言する。

「いいじゃん、もう少しくらい」

「よくない。仙台さんの少しはたくさんだもん」

「けち」

「けちでいいから、やめてよ」

私はずりずりと後ずさって仙台さんから距離を取る。そして、常夜灯を消して部屋を真っ暗にした。

「もう寝て」

夜するべきことを告げて、掛《か》け布団《ぶとん》を引っ張る。けれど、仙台さんが邪魔で上手《うま》く引き寄せることができない。

「じゃあ、寝るから宮城《みやぎ》は自分の陣地に戻って」

どこかから伸びてきた手が私を押す。

「……やだ」

放課後、私の部屋に来た仙台さんが帰ると、この家に私以外の人間がいることはほとんどない。天気が良い日も悪い日も、夜になれば一人きりだ。誰もいないことに慣れてはいるけれど、夜が明けるまでの時間は一人で過ごすには長すぎる。眠っているだけだと言っても、夢の中に得体の知れないなにかが出てくることがあって心細いときがある。

そんな夜に珍しく私以外の誰かがいる。

それなら、その誰かは活用するべきだ。

それが仙台さんであっても。

そして、その距離は近いほうがいい。

彼女のお腹《なか》は温かかったし、唇も温かかった。

一人は寒いし、カイロ代わりになってくれてもいいと思う。

私は自分のほうに掛け布団を無理矢理引き寄せて、彼女よりも先に布団《ふとん》の中に潜り込む。

「ちょっと、なんでこっちで寝ようとするの。宮城がこっちで寝るなら、私がベッドに行く」

ごそごそと音がして、仙台さんが立ち上がろうとしていることがわかる。

「ベッドは私の陣地だから駄目」

仙台さんを摑《つか》んで引っ張る。

「使ってないのに？」

「そう。使ってなくてもあそこは私の陣地で、仙台さんの陣地はここ」

「一緒に寝たいなら、寝たいっていいなよ」

「そういうわけじゃないから。そんなことより、ベッドから私の枕取ってきて」

「見えないんだけど」

常夜灯が消えた部屋はすべてが闇に溶けて、なにも見えない。

でも、仙台さんは飽きるほどこの部屋に来ている。

「見えなくても、ベッドの場所くらいなんとなくわかるでしょ」

「宮城って、ほんと我が儘《まま》だよね」

呆《あき》れたような声が聞こえて、仙台さんの気配が遠のく。けれど、すぐに近づいて、布団の上に枕らしきものが置かれた。

「もう少し向こうに行ってよ」

仙台さんが私を押しながら言う。

手探りで枕を引き寄せてスペースを作ると、仙台さんが掛け布団を整えてから隣に入ってくる。

「狭い」

不満そうな声とともにふくらはぎをちょんと蹴られるが、これ以上端に避《よ》けると布団からはみ出てしまうから、私は仙台さんに背を向けて目を閉じた。

暗い部屋がさらに暗くなる。

後ろにお化けがいてもおかしくないくらいの闇に包まれている。

でも、今日は仙台さんがいる。

「なにが目的なわけ？」

低い声とともに、背中をつつかれる。

「いいじゃん。どこで寝たって」

私は掛け布団を引っ張って、背中を丸める。

「あんまり引っ張ると寒い」

後ろから文句が聞こえてくるけれど、黙っていると掛け布団ではなく、何故《なぜ》かスウェットが引っ張られた。手のひらが背中に押しつけられる。布越しでも少しくすぐったくて、でも、温かくて気持ちがいい。

伝わってくる体温に、スウェットの下に隠された仙台さんの体を思い出す。

あのとき、仙台さんに触れたら信じられない彼女の言葉を信じることができて、不安が消えるかもしれないと思った。けれど、不安は消えるどころか大きくなった。ネックレスをこの目で見て約束を守っていることがわかっても、これからも約束を守り続けてくれると信じられずにいる。

今だって仙台さんがすぐ側《そば》にいて、彼女に触れることができるのに、後ろを向くとお化けのように消えて、いなくなってしまいそうな気がする。

怖くない。

一人の夜に何度も唱えた呪文を心の中で唱える。

背中をもっと丸めて、布団の端を掴む。

目を開けて、もう一度ぎゅっと閉じると、背中から伝わってくる体温が曖昧になって一人きりになったみたいになる。少しだけ怖くて、肩や腕が硬くなる。

「宮城」

私を呼ぶ小さな声が聞こえて、ぼやけた体温が確かなものになる。

間違いなくこの部屋に誰かがいて、それが仙台さんだとわかる。

背中に押し当てられた手がもう一度スウェットを掴む。

下の名前を呼ばれそうな気がして先回りする。

「志緒理《しおり》って呼んだら、ここに来た日はキスするって条件なしにするから」

下の名前で人を呼ぶなんてありふれたことで、特別なことじゃない。舞香《まいか》も亜美《あみ》も私のことを〝志緒理〟と呼ぶし、過去にも私をそう呼ぶ人がいた。それなのに仙台さんに名前を呼ばれることは特別なことのように感じられて、呼ばれたくないと思う。

「宮城、って呼ぶのはかまわないんでしょ」

そう言うと、仙台さんが『宮城』と呼んでくる。

宮城。

宮城、宮城。

繰り返して私を呼ぶ声に、硬くなった体から力が抜ける。

「仙台《せんだい》さん、うるさい。早く寝なよ」

うん、と声が聞こえたけれど、仙台さんが眠らずに私の髪に触れる。

指で梳《す》くように私の髪を撫《な》でてくる。

何度も、何度も。

柔らかな手と伝わってくる体温に、瞼《まぶた》がほんの少しだけ重くなる。丸くなった背中をちょっとだけ伸ばすと、「おやすみ」と小さな声とともに手が離れた。

◇◇◇

目覚まし時計はかけ忘れた。

スマホのアラームもセットした記憶がない。

学校は休みだからそれでもかまわないし、早く起きる必要もない。

けれど、目が勝手に覚めて体を動かすと、仙台さんが隣にいた。

「……なんで」

私は、一度目を閉じてから思いっきり開く。

隣を見る。

すやすやと眠っている仙台さんの顔がはっきりと目に映る。

ぼんやりとした頭で記憶を辿《たど》る。

昨日、仙台さんが家に来て、一緒にご飯を食べて。

彼女はそのまま泊まっていった。

何故なら、私が仙台さんに泊まっていけばと言ったからだ。

この記憶は正しい。

もっと記憶を辿っていくと、正しいと認めたくないものも見つかる。

——仙台さんが私の隣で眠っている理由。

それは、彼女のために敷いた布団に私が自ら入って眠ったからだ。

「体、痛いじゃん」

二人で眠るには狭い布団に並んで寝たせいか、関節がギシギシと音を立てそうになっている。私は小さく息を吐いてから手を伸ばして、すぐ側にある前髪を軽く引っ張ってみる。

「んー」

むにゅむにゅと口が動いて、言葉にならない声が聞こえてくる。

けれど、仙台さんは起きない。

指先で頬に触れて、顎の先まで撫でる。

ぐっすりと眠っているのか、彼女は身じろぎひとつしなかった。

「……葉月《はづき》」

そっと名前を呼んでみるけれど、なにも言わないから長い髪を一房手に取る。手元に引き寄せて、校則に違反しているにもかかわらず決して怒られない少し茶色い髪に唇で触れる。

昨日は気がつかなかったけれど、手触りの良い髪から私と同じ匂いがする。

唇を離して、少しだけ仙台さんに近づく。

髪だけじゃなく、体からも私と同じ匂いがする。

私の服を着て、私と同じ匂いがするこの仙台さんは私だけしか知らない。私だけの仙台さんと言ってもいいと思う。でも、こういう仙台さんが眠っている姿を見ることはきっともうない。

私は手を伸ばして、スウェットの首元からネックレスのチェーンに触れる。

約束の日が近づいている。

冬休みはすぐに終わるし、年が明けてカレンダーを数枚破れば、あっという間に卒業式だ。その日がくれば高校生活が終わって、嫌でも新しい生活が始まる。

小さく息を吐く。

チェーンの上、指先を這《は》わせると仙台さんがぴくりと動いて、心臓が止まりそうになる。慌ててネックレスから手を離して、静かに布団から抜け出す。着替えを持ち、音を立てないように部屋を出て洗面所へ行く。歯を磨き、着替えを済ませてキッチンへ向かう。

冷蔵庫の中身は開けるまでもなくわかっているけれど、一応開けて確かめる。やっぱり、ほとんどなにも入っていない。冷凍庫から食パンを取り出し、トースターに二人分突っ込んでお皿とグラスを用意していると、呼びに行く前に仙台さんがやってきた。

「おはよ。なにやってるの？」

眠そうな声で言って、スウェットを着たままの仙台さんがトースターに視線を向ける。

「おはよ。見たらわかると思うけど」

「もしかして朝ご飯の用意？」

「もしかしなくても朝ご飯」

「……宮城《みやぎ》。私、午後から予備校あるから雪降ったら困るんだけど」

「食べたくないなら、そう言えば」

失礼なことを口にした仙台さんの足を軽く蹴る。私は料理が苦手だし、食事は適当に済ませることが多いけれど、朝食を抜くことはほとんどない。パンくらいは焼く。

「冗談だって。着替えてきていい？」

仙台さんがスウェットの裾を引っ張りながら言う。

「駄目。もうすぐパン焼ける」

そう言って冷蔵庫を開けると、どういうわけか仙台さんも中を覗《のぞ》き込んでくる。

「ジャムあったよね？」

耳もとで声が聞こえて、私は仙台さんの額を押した。

「あるけど、賞味期限切れてるかも」

「マジで？」

「バターあるし、いいじゃん」

冷蔵庫の奥から取り出したバターの容器を渡すと、仙台さんの必要以上に残念そうな声が聞こえてくる。

「一緒に塗ったら美味《おい》しいのに」

「太るよ」

「まあ、そうだけど。で、賞味期限は？」

催促する声に、仕方なくジャムの瓶を手に取って書かれている数字を確かめる。

「ギリギリいける」

ジャムを仙台さんに渡してから、オレンジジュースも出して冷蔵庫を閉める。仙台さんがバターとジャムをカウンターテーブルへ置くと、トースターが小気味よい音を鳴らした。私はパンを取りだしてお皿にのせ、オレンジジュースをグラスに注ぎ、カウンターテーブルに運ぶ。

二人並んで座って、豪華とはいえない朝食に向かって「いただきます」と言う。

声が揃《そろ》って、仙台さんを見る。

朝、お父さんがいることは滅多にない。

朝、お母さんがいることはない。

私の隣に誰かがいる朝は珍しい。

パンにバターを塗る。一口齧《かじ》ると、バターの上にジャムを塗り終えた仙台さんが私を見た。

「宮城も塗ったら」

ジャムの瓶がテーブルの上を滑って私の元にやってくる。お店ではバターとジャムを一緒に塗ったパンをよく見るけれど、私には二つを同時に塗る習慣はない。

バターはバター、ジャムはジャム。

別々に塗ったパンで十分だと思う。

けれど、仙台さんが期待に満ちた目で私を見てくるから、バターの上から控え目にジャムを塗って齧る。パンの耳がサクリと音を立て、ミルクの風味と苺《いちご》の味が口の中に広がる。サクサクと食べ進めていくと、バターの塩気とジャムの甘さが程よく混じり合う。

「美味しい？」

尋ねられて、「思ったより」と答える。

朝ご飯なんて胃を満たすためだけのもので、嫌いなものじゃなかったら味はどうでも良かったけれど、今度食べるときはもう少しジャムを塗ってもいいと思うくらいの美味しさはある。

「良かった」

仙台さんがにこりと笑って、オレンジジュースを飲む。

そう言えば、夏休みはフレンチトーストを一緒に作って食べた。それ以外にも、この場所で仙台さんが料理を作って、一緒に食べるということを何度もしている。振り返れば、食事と仙台さんは深く結びついている。一緒に食べることが当たり前のことになっていて、仙台さんと会わなくなったら食事がつまらないものになりそうだと思う。

オレンジジュースを一口飲む。

夜、仙台さんと食べるご飯を美味しいと思うようになった。

朝、仙台さんと食べたご飯を美味しいと思った。

何年も朝も夜も一人で食事をしてきたのに、仙台さんのせいで一人で食べたくないなんて思いが強くなっている。一人が当たり前だった私が違うものになっていく。

オレンジ色の液体が入ったグラスを空にして、残っているトーストもすべて胃の中に収めてしまう。バターとジャムに少し焦げたパンが混じり合って、体のどこかに開きかけた穴を塞いでいく。

「洗っておくから、着替えたら。あと、洗面所に新しい歯ブラシ用意してある」

お皿を片付けながら仙台さんに告げる。

「ありがと。予備校までまだ時間あるし、先に洗うの手伝う」

「手伝わなくていい。着替えたくないならそれでもいいけど」

「着替えてくる」

仙台さんが欠片《かけら》になったトーストを一口でぱくりと食べて、立ち上がる。そして、彼女は部屋に戻り、私は一人になる。

仙台さんが使ったお皿とグラスを下げて、お湯を出す。

泡だらけのスポンジで食器を洗いながら、時計を見る。

あと数時間。

昨日、仙台《せんだい》さんがこの家に来てからそれほど時間が経《た》っていないような気がするけれど、すぐにまた私は一人になる。なんとなく寂しいような気持ちになっているのは、一晩中隣にいた誰かが今晩はいないとわかっているからだ。

仙台さんが予備校へ行かないなんてことはないし、今晩も泊まっていくなんてありえない。わかっているけれど、彼女が帰ってしまうことはとても面白くないことのような気がする。

私は食器をすべて洗って、お湯を止める。

部屋へ戻ると、メイクまで終えた仙台さんが待っていた。

「時間あるし、勉強しよっか」

テーブルの上に参考書を広げながら、仙台さんが言う。

「するけど……」

「けど？」

「今日の分のキスはなしだから」

隣に座って答えると、仙台さんが怪訝《けげん》な顔をした。

「なんで？」

たぶん、わかっていて聞いている。

昨日、勉強を教えた対価だと言ってあれだけキスをして、今日も対価を要求するなんて強欲すぎると思う。

「回数制限。昨日、今日の分もした」

「回数、聞いてないんだけど。その回数って何回なわけ？」

「仙台さんには教えない」

「なにそれ。わからなかったら、回数以内にできないじゃん」

「私がダメって言ったら終わり」

参考書を広げて、並んだ文字に視線を落とす。

何回なんて決めていないから答えられないし、決めたところで仙台さんはその約束をすぐに破るから意味がない。それに昨日みたいにキスをされたら、なにかが起こりそうで絶対にしたくない。

「ほんと、宮城って自分勝手だよね」

「仙台さんだってそうでしょ」

顔を見ずに答えると、「まあ、否定はしないけど」と隣から聞こえてきて会話がぷつりと途切れる。そのままなにか喋《しゃべ》るわけでもなく静かに勉強をしていると、あっという間に午後になって二人でお昼を食べる。すぐに仙台さんが帰る時間になって、そろそろ行かないという声が聞こえてくる。

「下まで送る」

コートと鞄《かばん》を持った仙台さんに告げる。

「寒いからいいよ」

「大丈夫。すぐ戻るから」

クローゼットからダウンジャケットを出して羽織ると、仙台さんが「じゃあ、下まで」と言った。

二人で玄関を出て鍵をかける。

マンションの廊下を歩いて、エレベーターに乗る。

エントランスを通って外へ続くドアを開けると、びゅうっと風が吹き込んでくる。思わず首を縮こめると、後ろから声が聞こえてきた。

「さむっ」

暑がりの仙台さんが寒そうにしている。

入り込んできた風が思っていた以上に冷たかったから、それもわかる。外に出て数歩歩くと引き返したくなるほど寒くて、仙台さんを見ると浮かない顔をしていた。

吐き出す息が白かったりはしないけれど、太陽も雲も遠くに見える。空は氷山の色に似た薄い青で染まっていて、見ているだけで体が震える。

「ここでいいから。泊めてくれてありがと」

仙台さんが寒そうにコートのポケットに手を入れてから、「じゃあね」と付け加える。

いつもならこのまま別れて、私はマンションの中に戻る。

けれど、今日は歩き出そうとしている仙台さんの腕を摑《つか》んだ。

「宮城《みやぎ》？」

言い忘れたことがあるわけでも、言わなければならないことがあるわけでもない。勝手に手が動いて仙台さんの腕を摑んだだけだから、口にする言葉が思い浮かばない。そのくせ手を離すこともできないまま、仙台さんをじっと見る。

「予備校、遅刻する」

そう言って、仙台さんがポケットから手を出す。そして、彼女を離せずにいる私の手を摑んだ。

「遅刻するんじゃないの？」

問いかけると「うん、だからもう行く」と今にも歩きだしそうな言葉が返ってきたけれど、仙台さんは歩きださないし、手も離さない。

「宮城、次は来年？」

仙台さんが摑んだ手をぎゅっと握ってくる。

「そのつもり。勉強教えてほしい日決めたら連絡する」

「わかった」

握られた手が離される。

仙台さんは優しくない。

よく知っていることだけれど、彼女は勉強が大事で、予備校が大事で、私のことなんてそれほど大切には思っていない。だから、私はまたあの家に一人きりになる。

「じゃあね」

仙台さんが歩きだす。

「またね」

私の声に応えて手が振られる。

仙台さんの背中が小さくなっていく。

一人でいることには慣れているのに、仙台さんがずっといた部屋にこれから一人で戻ると思うと酷《ひど》く憂鬱な気分になった。

◇◇◇

あけましておめでとう。

目が覚めて枕元のスマホを見ると一月一日らしいメッセージが舞香《まいか》と亜美《あみ》から届いていて、私も同じように「あけましておめでとう」と返す。

仙台さんからはメッセージが届いていない。

もちろん、電話もない。

彼女は年が変わる瞬間にあわせて電話をしてきたりしないし、おめでとうなんてメッセージを送ってきたりもしない。私だって電話をしたり、メッセージを送ったりしていないけれど、連絡くらいしてきたっていいと思う。

私は寝転がったまま、スマホの画面をじっと見る。

突然、着信音が鳴り響いたりはしない。

「別にいいけど」

仙台さんはいないけれど、今日は一人じゃない。

珍しくお父さんがいて、一緒にご飯を食べることになっている。

子どもの頃は、父親が家にいる大晦日《おおみそか》の夜とお正月が好きだった。中学に入るとそれほど特別な行事ではなくなったけれど、家に誰かがいることに安心できた。今は、父親と食事をすることよりも仙台さんからなんの連絡もないスマホのほうが気になっている。

私はごろりと横を向いて、枕元に置いてある黒猫のぬいぐるみの頭を撫《な》でる。そして、黒猫の隣にスマホを置いて布団《ふとん》から這《は》い出た。

大きく伸びをして、部屋を出る。

歯を磨いて部屋に戻り、着替えてリビングに向かう。

お父さんにあけましておめでとうと挨拶をして、一緒に朝ご飯を食べる。

学校がある日に比べると時間が早く過ぎていくような気がするけれど、たいして面白いことがないから長くも感じる。なんとなく参考書を開いて机に向かっているうちに夕方になっていて、勉強以外になにかしたわけでもなく夕飯を食べ終えていた。

黒猫が見張り番をしているスマホには何度か連絡があったけれど、すべて舞香や亜美からのもので仙台さんからのものじゃなかった。

結局、一月一日だからといって変わったことが起こるわけじゃない。

勉強をしたということ以外は去年と変わらない一日で、私は去年と同じようにいつもよりも少し早めに眠った。

翌日になっても、それは変わらない。

目が覚めたときには去年と同じように家に一人で、気がつけば夜になっていた。

時計を見ると十時を過ぎていて、私はベッドに寝転がる。

数日前、仙台さんと一緒に眠った部屋に一人。

寂しくはないけれど、つまらない。

黒猫のぬいぐるみを引き寄せて、耳を引っ張る。黒猫はにゃんともにゃーとも鳴かなかったけれど、代わりにスマホが鳴った。枕元にあるそれを手に取って画面を見ると、仙台さんから『今、一人？』とお正月とは思えないメッセージが届いている。『そうだけど』と返事を送ると、今度は仙台さんから電話がかかってきた。

呼び出し音が一回鳴って、迷う。

すぐに出たら仙台さんからの電話を待っていたみたいで、呼び出し音が三回鳴ってから体を起こして電話に出る。もしもし、とスマホの向こうに呼びかけると、「あけましておめでとう」と返ってくる。

電話だと、声が近い。

同じ布団で眠ったときのことを思い出す。

あのときも仙台さんの声が近かった。

ぎゅっと手を握る。

電話なんて気にするほどのものじゃない。

「……あけましておめでとう」

去年は仙台《せんだい》さんに言わなかった挨拶を口にして、彼女の言葉を待つ。けれど、彼女はなにも言わない。

「なんの用？」

仕方がなく私から話しかける。

「いつ宮城の家に行けばいいのかなって」

「決めたら連絡するって言ったじゃん」

「その連絡がないから聞いてるんだけど」

「連絡がないってことはまだ決まってないってことだから、もう少し待ってなよ」

大晦日も元日も、勉強を教えてと呼び出すような日じゃない。それくらいの常識は持っている。今日はまだ二日で、お正月の範囲に入っているから呼び出しにくい。だから、早く連絡をしない私が悪いというように言われるのは心外だ。

「待ってるうちに冬休み終わりそうだし、今、決めなよ」

悪いのはそっちだと決めつけるような口調で、仙台さんが言う。

「私にだって予定があるし、今すぐって言われても決められないんだけど」

特に予定はないけれど、今すぐ決めたくはない。仙台さんの用事が次の予定を決めることなら、予定を決めたらそれで終わりで電話も切ることになってすべてが終わる。

暇つぶしにもう少しくらい話をしたっていいと思う。

「宮城、予定あるんだ？」

意外だとでも言いたげな声が聞こえてきて、少し苛《いら》つく。予定がないことのほうが当たり前だと思われているのは腹立たしい。

「あったらいけない？」

「いけなくはないけど。……あれからなにしてたの？」

あれからというのは、たぶん、仙台さんと最後に会った日からという意味だ。

「別になにも」

「大晦日も元日も？」

「することないし」

「友だちと会ったりとかは？」

「仙台さんって、すぐ親みたいなこと聞くよね」

お父さんは私の行動を把握しようとはしないけれど、漫画やテレビでよく見る親は子どもの行動を把握しようとする。仙台さんはそういう親と同じで、私の行動を把握したがることがある。それを鬱陶しいことだとは思わないが、私がなにをしていたかを知っても面白くはないだろうと思う。

「いいじゃん、聞いたって。ほかに話すこともないし。で、宇都宮《うつのみや》とかと会ったりしなかったの？」

仙台さんが興味があるのかないのかわからない声で言う。

「会わない。この時期、みんな受験勉強で忙しいし。仙台さんだって、友だちと会ったりしないでしょ、と言いかけて思い出す。けれど、私が思い出したことを口にする前に、

――」

仙台さんのほうから茨木《いばらき》さんの名前を出してきた。

「私は羽美奈《うみな》たちと初詣行って、合格祈願してきた」

あまり聞きたくなかった名前に、ぱたりとベッドに横になる。

黒猫に手を伸ばして、耳を摘まむ。

「宮城の分もお願いしといたから」

「しなくていいから」

「でも宮城、初詣行かないでしょ」

決めつけるように言われて、私は黒猫の頭を撫でる。

「そういうの信じてないし」

「私も信じてるわけじゃないけど、こういうのは気持ちでしょ。気持ち」

仙台さんは合格祈願をするようなタイプには見えない。神様に縋《すが》る時間があったら、勉強をするタイプだと思う。そういう仙台さんが一人で私のことを神様にお願いしてきたのだとしたらいいけれど、一人じゃない。茨木さんと初詣に行ったついでだ。

気持ちがこもっているようには思えない。

それでもこれ以上仙台さんを否定するのも悪いような気がして、口をつぐむ。すると、なにを話していいのかわからなくなる。

「そろそろ予定決まった？」

仙台さんが忘れかけていた次の勉強会の約束を引っ張り出してきて、途切れた会話を繋《つな》ぐ。

「明後日《あさって》、時間ある？」

「明日じゃなくて、明後日？」

「そう」

「夕方になってもいいなら」

「じゃあ、明後日来て」

「明日じゃない理由は？」

「三が日だから」

仙台さんの家庭環境を考えると三が日なんて関係がなさそうに思えるけれど、一応気を遣う。

「そういうの、気にするんだ」

「私は気にしないけど。仙台さん、自分の勉強だってあるでしょ」

そう言うと、まあね、と返ってきて、「じゃあ、明後日で」と仙台さんが付け足した。

そして、電話が切れ、近かった声は遠くなるどころか消えてなくなる。話す相手がいなくなった部屋は静かすぎて、気が重くなる。

冬休みは短い。

明後日会ったら、たぶん、次はもうない。

私も仙台さんも受験生だ。

彼女の勉強の邪魔をして大学に落ちたなんて言われても困る。どうしても舞香と同じ大学に行かなきゃいけないわけではないけれど、私も落ちるよりは受かりたい。お互いもっと真面目に勉強と向き合わなければいけない時期だ。

受験生じゃなければ、もう少し気軽に仙台さんを呼べたと思う。

去年なら、何度呼んだって良かった。

一年前は休みの日には会わないという約束が守られていたから彼女と会うことはなかったけれど、そんなことを考えてしまう。

本当に冬休みはつまらない。

私は大きなため息を一つつく。

枕元に置いたスマホの上に黒猫を置いて、電気を消す。

眠るには早いけれど、目を閉じる。

夜はあっという間に過ぎて朝になり、去年よりも真剣に勉強をして、長い一日を過ごす。

寝る前にスマホは鳴らない。

メッセージも届かないし、電話もかかってこない。

早寝して早起きして、黒猫を本棚に置く。約束の夕方になると、インターホンが鳴り、私以外誰もいない家に仙台さんを招き入れる。彼女は「久しぶり」と言ってから靴を脱いで、電話で言ったはずの「あけましておめでとう」をもう一度言った。仕方がないから、私も「あけましておめでとう」と返す。

「部屋で待ってて」

コートを脱いだ仙台さんに告げて、キッチンへ行く。

お皿にクッキーをのせながら考える。

仙台さんの声は二日前に電話で聞いた。

それを考えると彼女が言った「久しぶり」という言葉は正しくないような気がするけれど、顔を見るのは「久しぶり」で正しいし、私もそう思った。一度も仙台さんと会わなかった去年の冬休みとは違う。そして、そんなことを考えると彼女が言った「久しぶり」という言葉は荷物が入りすぎた鞄《かばん》のようで、肩が重くなる。何気ない言葉なのに重要なもののように思えてくる。

冷蔵庫を開けて、サイダーと麦茶を取り出す。

深く考えるから、どうでもいい言葉が意味を持つ。なんでもないものに、わざわざ自分から意味を与えるような行為をする必要はない。

私はサイダーと麦茶をグラスに注いで、ペットボトルを冷蔵庫に片付ける。お皿とグラスをのせたトレイを持って部屋へ戻ると、仙台さんが参考書を広げて待っていた。

テーブルの空いたスペースにお皿とグラスを置くと、「ありがと」という声が聞こえてくる。

タートルネックのセーターにデニムパンツ。

珍しく首が見えない服を着た仙台さんは、髪も結んでいなかった。知らない人みたいな仙台さんが私を見る。

「座らないの？」

ぼうっと立っていた私は、言葉につられるように隣に座る。なんとなく自分のブラウスのボタンに触れると、「宮城《みやぎ》」と呼ばれた。

「今日も誰もいないの？」

「いない」

「親は仕事？」

仙台さんがクッキーを一枚取って齧《かじ》る。

「そうだけど」

「明日は？」

「今日と同じ」

特に意味はない。

質問はそんな軽い調子で投げかけられた。冬休み前なら、答えを返して終わりにしてもいい話だ。けれど、今は違う。まったく意味がない質問とは思えない。

私は先回りして仙台さんに告げておく。

「……今日は泊めたりしないからね」

「泊めてほしいわけじゃないから」

私の言葉はすぐに否定され、今度はこちらから問いかけることになる。

「じゃあ、今の質問はなんなの？」

「誰もいないみたいだから聞いただけ」

そう言うと、仙台《せんだい》さんがペンの先で私の問題集をつついた。

「わからないところないの？」

「あるけど」

「どこ？」

仙台さんが誤魔化そうとしていることはわかる。

泊めてほしいわけではなくても、なんらかの意味を持っていそうな質問だった。だが、しつこく聞いたところで正しい答えが返ってくるとは思えないから、問いかけたい気持ちを有耶無耶《うやむや》にしたまま問題集の中からわからない部分を抜き出して口にする。

今度は誤魔化されずに的確な説明が返ってくる。

学校のように寒かったり、暑すぎたりしない部屋は過ごしやすいし、眠たくなってくる先生の声を聞いているよりは仙台さんの声を聞いているほうがいい。勉強は楽しいとは思えないけれど、一人でしているより捗《はかど》る。

今日はそのために仙台さんを呼んだのだから、わからない問題が解ければそれでいい。

それでも隣が気になって、仙台さんを見る。

長い髪が肩にかかって、鬱陶しそうだと思う。

当たり前だけれど、いつも見えている綺麗《きれい》な首筋は見えない。

髪もタートルネックのセーターも良いものに思えない。

「見るなら私じゃなくて、こっちを見なよ」

仙台さんがノートを指さす。

言われた通りにノートに視線を落とすと、「わからないところがあったら聞いて」と仙台さんが言って自分の勉強を始める。

部屋が急に静かになる。

黙ってペンを動かしていると結構な時間が経《た》っていて、グラスに手を伸ばすと冷たかったサイダーがぬるくなっていた。私は透明な液体が中途半端《ちゅうとはんぱ》に残っているグラスを見る。

キッチンへ行こうかと思ったけれど、やめておく。

グラスから仙台さんへ視線を移す。

長い髪とタートルネックのセーターが酷《ひど》く邪魔なものに思える。

私の見たいものを隠している。

「なに？　休みたいの？」

視線を感じたのか、仙台さんが顔を上げた。

「休んでもいいけど、時間大丈夫？」

首元を見たまま問いかける。

「まだ大丈夫。少し休む？」

「ごはんにする。仙台さん、食べていくでしょ」

「食べてく」

仙台さんが参考書を閉じて、「なに食べるの？」と夕飯のメニューを尋ねてくる。私はそれには答えずに、隠されて見えない首に手を伸ばす。

指先がセーターに触れる。

けれど、その手はすぐに仙台さんに押し戻された。

「ごはんにするんじゃないの？」

「やっぱり先にちょっと休む」

「休むなら、大人しく休んでなよ。……それとも宮城、〝休憩〟するつもり？」

強調された言葉に夏休みを思い出す。

去年の長い長い休み、休憩には本来の意味である〝少しの間休む〟というもの以外の意味があった。私たちは休憩という言葉をきっかけに、友だちではない行為を続けていた。

「休憩なんてしない。首、見えないから気になっただけ」

冬は夏とは違う。

休みは短くて、卒業が近い。

私たちは違う世界へ向かう準備をしなければいけない。

「首じゃなくて、ほかのものが見たいんでしょ」

仙台さんが面倒くさそうに言って、体ごと私のほうを向く。そして、私の髪に触れて首筋に指を這《は》わせてくる。

「――わかってるなら見せてよ」

仙台さんは意地悪だと思う。

私が見たいものを知っていて、それを口にしない。

見せてくれようともしないで、私に触れてくる。

ゆっくりと首筋を這う指がくすぐったい。

私は彼女の手を摑《つか》まえて、そのまま引き寄せようとする。けれど、彼女の手はするりと逃げてしまう。

「冬休みは命令きくって約束してないよね？　大体、宮城は私がペンダントしてないと思ってるわけ？」

「してないかもしれないじゃん」

「少しは信じなよ」

信じられるものなら信じたいと思っている。

そうすれば、確認したいなんて考えずにすむ。

首輪のようなもので繋《つな》いでおきたいなんて思うこともない。

でも、仙台さんは信じるに値しないことばかりする。この目で見ても信じられないものをわざわざ隠してきたりする。だから、疑ってしまう。

「……今日、わざと見えないようにしてるでしょ」

セーターで見えない首をじっと見る。

「そういうわけじゃないけど、そんなに見たいの？」

「見たいって言ったら見せてくれるの？」

私の言葉に反応して仙台さんがにこりと笑う。

「宮城が約束守ってくれたら見せてあげる」

「約束って？」

「キスしてもいいんでしょ」

そう言うと、彼女は断りもなく私のブラウスのボタンを一つ外した。

「えっ」

予想外の行動に、ボタンを外した手を摑《つか》むより先に声が出る。

「なに？」

「ボタン外していいなんて言ってない」

自分勝手な仙台さんに抗議するけれど、彼女の手はいうことをきかない。もう一つボタンを外して、鎖骨を撫《な》でてくる。

「ペンダント見たいなら大人しくしてなよ」

「……なにするつもり？」

「キスって言ったじゃん」

仙台さんが断ることのできない約束を持ち出す。今は勉強が終わったばかりで、約束だったキスに駄目という言葉を突きつけることができない。

指先が首筋を這ってうなじへ向かう。

この手は約束にないものだけれど、文句を言う前に鎖骨の少し上にキスを落とされる。

こういうキスは約束のうちに入るのか。

大事なことのようで、それほど大事ではないような気もすることを考えていると、唇が首筋に触れる。柔らかく押し当てられて、また違う場所にキスをされる。

触れて、離れて。

唇が首筋を辿《たど》り、上へと向かう。

吹きかかる息がくすぐったくて、首筋が強張《こわば》る。

唇の生温かい感触に息が止まりそうになる。

こうしていていいのかわからないけれど、仙台さんの体を押し離すほどじゃないような気がする。

たぶん、これは約束の範囲内のことで、だから仕方がない。

首筋にキスを繰り返していた唇が耳に近いところに強く押し当てられて、思わず仙台さんの腕を摑む。けれど、彼女は躊躇《ためら》いなく肌を強く、強く吸った。痛いと騒ぐほどではないけれど、針で刺されるような感覚がある。

肩を押す代わりに仙台さんの腕に爪を立てると、首に歯を立てられた。でも、すぐに唇が離れて、耳たぶに湿ったものがくっつく。唇よりも温かいそれはきっと舌で、耳の輪郭を辿るように舐《な》められる。

耳に押し当てられた舌と連動するように、心臓の裏側あたりがぞわぞわしてくる。仙台さんが息を吸って吐く音がやけに近くで聞こえて、鼓動がシンクロするような気がしてくる。

近すぎる体温に呼吸が乱れそうになって整える。

息を吸うタイミングが重なって、私は仙台さんの肩を思いっきり押した。

「こんなのキスじゃないじゃん」

「宮城《みやぎ》がやめろって言わないから」

「言わないからしていいわけじゃない。大体、ボタン二つも外したのってなんなの。そんなに外さなくてもできたじゃん。それに絶対、跡ついてるでしょ」

仙台さんに強く吸われた辺りを撫でてみる。でも、指先に目がついているわけではないから、そこがどうなっているのかわからない。

「キスする場所、あのとき決めなかったでしょ。だから、私がどこにキスしても宮城は文句言えないから」

平然とそう言うと、仙台さんがおそらく跡が残っているであろう場所を私の手ごと押さえてくる。

指先が動いて、耳に触れて髪を梳《す》く。

そして、当たり前のように顔を寄せてくるから、私はまた彼女の肩を押すことになった。

「そっちの机の上に鏡あるから、取ってきてよ」

キスする場所を指定していなかったことは、私の落ち度だということにしてもいい。けれど、跡をつけていいわけがない。仙台《せんだい》さんだって跡をつけるなと私に何度も言ってきたのだから、跡がつきそうな行為をした彼女に命令くらいしたっていいと思う。

「跡ならついてないから」

「自分で確かめる」

きっぱりと言うと、仙台さんが渋々といった様子で鏡を取ってくる。

首筋にキスされたのは初めてじゃない。

けれど、跡が残るようなキスはされたことがなかった。

噛《か》みつかれたときに赤くなったことはある。

でも、その噛み跡は一日も持たずに消えた。

「はい」

仙台さんに鏡を渡されて、首筋を映す。

ボタンを外す必要はなかったと思うような場所、首筋にしっかりと赤い跡がついている。

それは絶妙な位置で、ブラウスのボタンを全部留めても隠れないし、かといって目立ちすぎる場所じゃない。

「ちょっと跡ついてるけど、髪で隠れるでしょ」

仙台さんが無責任に言う。

確かに髪で隠せると言われればそんな気がするが、完全には隠れそうにない。

わざとだ。

わざと、見えるような場所に跡をつけた。

「目立たないかもしれないけど、絶対に見える場所じゃん」

「そんなことない。隠せるって」

仙台さんがいい加減なことを言って、自分の言葉を証明するように私の髪を触って跡を隠そうとする。さわさわと首筋に触れる毛先がくすぐったくて、私は彼女の手を叩《たた》いて鏡を押しつけた。

「絶対に無理。誰かに見られたらどうするの」

「学校は休みだし、大丈夫でしょ」

「親が見るかもしれないじゃん」

「今日も明日も仕事でいないって、宮城言ってたじゃん。明後日《あさって》には消えてるだろうし、平気でしょ」

そういうことか。

勉強を始める前にされた質問の意味が今わかる。

「親はいなくても、友だちに会うかもしれないし」

「この時期、みんな受験勉強で忙しいって言ったの誰だっけ」

「……そういうこと言うの、性格悪いと思う」

「宮城ほどじゃない」

仙台さんがにこりと笑って酷《ひど》いことを言う。

そして、私の腕を掴む。

「もう一度キスしてもいい？」

さらりとろくでもないことを言ってくるから、仙台さんがしようとしている権利の行使を阻止する。

「駄目。それより、ネックレス見せてよ」

今度は私の約束が守られる番で、仙台さんに手を伸ばす。けれど、私が首筋に触れるより先にセーターからネックレスが引き出された。

幕間《まくあい》　宮城は甘くて痛い

冬休みが近くても遠くても、宮城の家を出たら向かう場所は一つだ。

〝ただいま〟に〝おかえり〟が返ってこない家しかない。

ゆっくりと歩いて家へ帰り、靴を脱いでリビングに向かって「ただいま」と言ってから二階へ行く。自分の部屋へ入って、電気をつける。コートをハンガーにかけ、貯金箱に宮城からもらった五千円札を入れる。

今日は、知らなかったことを二つ知ることができた。

一つは、ファッジという馬鹿みたいに甘いお菓子があるということ。

今日、宮城の部屋で食べるまで知らなかった。そして、宮城がお菓子を出してきたことに驚き、その甘さに驚いた。普段、お菓子を出さない彼女が珍しくファッジなんていう食べたことがないものを出してきた上に、紅茶までつけてきたから、なにか良くないことでも起きるのではないかと身構えてしまった。しかも、ファッジを食べさせてくれるなんておまけまでついてきたから、なにが起こってもおかしくなかった。

けれど、実際に起こったのはいいことだった。

私は貯金箱を持ち上げかけて、やめる。

五百円玉を貯《た》めると百万円になる貯金箱に、もう五百円玉は入れていない。この中に入っているのは、宮城の家へ行くようになる前に入れた五百円玉と宮城からもらった五千円札だけだ。増えていく五千円札は手で持ってわかるほど貯金箱を重くはしないから、持ち上げることに意味はない。

この先、貯金箱に〝宮城の五千円〟を入れることができる回数は限られている。そう考えると、持ってわかるほど重さが変わることはこれからもなさそうだと思う。

もしも、重さが変わるほど宮城に会えたら。

五千円を貯めたいわけではないけれど、貯金箱が重くなるほど宮城に会いたいと思う。

そして、高校を卒業しても彼女に会いたい。

そう思っている。

「もうすぐ冬休みか」

宮城と会う機会を奪うものだったそれは、今日知ることができた知らなかったことのもう一つ『宮城が交換条件を出してまで、冬休みに私と一緒に勉強したいと思っていたこと』のおかげで、彼女と会えるものに変わった。しかもそれは五千円がない冬休みで、貯金箱の重さにまったく影響しない。

私は今日聞いた宮城の言葉を反芻《はんすう》する。

『……冬休み、勉強教えに来てよ』

控えめな声で告げられたそれは、私が聞きたかったものだ。つまらなそうに冬休みも勉強を教えるべきだと言われるだけで良かったのに、彼女は〝キス〟と引き換えに冬休みに勉強を教えてと言ってきた。

本当は今日、宮城が冬休みの話をしてこなかったら、私のほうから一緒に勉強をしようと誘うしかないと思っていたけれど、言わなくて良かった。キスを交換条件にしてまで一緒に勉強をしようと誘ってくるくせに、志望校を私に教えるなんて簡単なことをしてくれない彼女に不満はあるけれど、今日の彼女に不満はない。

私は、テーブルの上に小さなスタンドミラーを置いて床に座る。

鏡に首を映すと、宮城からもらったペンダントのチェーンが映り、今日彼女がくれたもう一つのものも映った。

「目立つ、かなあ」

宮城の家では鏡を見なかったからわからなかったけれど、首筋には明日消えるかどうか微妙な跡がついている。

今日つけられたこの噛み跡の犯人は宮城で、原因は私だ。

自業自得《じごうじとく》だとは思う。私は宮城が止めないことをいいことにやり過ぎた。ファッジよりも甘いキスのあと、宮城のブラウスのボタンをすべて外し、ブラのホックも外したのだから、噛みつかれても仕方がない。

でも、もう少し考えてほしかった。

ブラウスのボタンを一番上まで留めても隠れないような場所に噛みついてくるなんて、あまりにも酷い。今日のように夜道を歩くだけならいいけれど、学校へ行くことを考えると良いものだとは言えない。今日の〝珍しい宮城〟が夢ではなかったと証明するこの跡は残しておきたいと思うものではあるけれど、これがこのまま消えなかったら、明日学校でなにを言われるかわからない。

「キスマークにはレモンだっけ」

噛み跡の消し方は知らないけれど、キスマークの消し方なら知っている。嘘《うそ》か本当かわからないが、羽美奈《うみな》がキスマークは切ったレモンをのせると消えると言っていた。

宮城の足にあった青あざを見たときに、この話をしたからよく覚えている。

あのときは、本当にレモンでキスマークが消えるか実験をすると宮城が言いだして、彼女が私の腕に跡をつけた。結局、レモンがなかったからキスマークがレモンで消えるのかはわからないままだ。

あの頃から宮城《みやぎ》は予想外の行動しかしない。

「どうしようかな」

冷蔵庫を確かめていないけれど、宮城の家と同じでうちにも今レモンはないはずだ。温めたり冷やしたりでも消えるという話だったから、そのどちらかを試してみてもいいかもしれない。

私は宮城がつけた跡に手のひらをくっつける。

そして、そのままぐっと押す。

手のひらの熱を噛み跡に移したいけれど、それほど熱くはない。宮城に触れていたときのほうが熱かった。

もっと彼女に触れたかったと思う。

目に映ったすべての場所に触れれば良かった。

宮城に抱きつかれる前に、胸の感触を確かめれば良かった。

そんなことをしたら、この手のひらの下にある噛み跡は今より酷いものになって跡どころか血が出るような傷になったかもしれないけれど、それでも良かった。傷になったら学校を休んで、宮城にお見舞いに来てもらう。そして、キスをして――。

「……勉強しよ」

噛《か》み跡を押さえた手を離す。

こんなことばかり考えていたら、宮城の夢を見る。

夏休み最後の日に触れた宮城を夢に見たように、今日の宮城を夢に見て、あまり良くない朝を迎えることになる。夢を引きずったまま学校へ行って、冴《さ》えない気分のまま授業を受けたくない。

私はスタンドミラーを片付けて、部屋着に着替える。

テーブルに参考書やノートを並べる。

今日は宮城が食事をしていくか聞いてくれなかったからまだ夕飯を食べていないけれど、用意をしたい気分ではない。噛み跡を温めても冷やしてもいないが、それもどうでもいい。

明日、宮城がつけた跡が残っていたら、宮城に文句を言いに行けばいい。音楽準備室に呼び出して、たくさんたくさん文句を言えばいい。宮城が来なかったら、彼女の家に文句を言いに行ってもいい。

宮城に会う口実くらいにはなる。

「……馬鹿馬鹿しい」

ノートにティッシュの生えたワニの絵を描いて、バツをつける。

跡ではなく傷をつけられる妄想も、宮城に文句を言いに行く想像もくだらないものだ。

今日は珍しいことが起こりすぎた。

気持ちが落ち着かない。

「ぬいぐるみ、どうしてるかな」

宮城にクリスマスプレゼントとして渡した黒猫のぬいぐるみも今頃、落ち着かない夜を過ごしているのかもしれない。

ペンを放り出して、ベッドへダイブする。

私は目を閉じて、指先で宮城がつけた跡を触った。


目は、スマホのアラームが鳴る前に覚めた。

昨日は結局、宮城のせいで勉強に身が入らなかったし、よく眠れなかった。熟睡できなかったのは夢のせいで、それも宮城のせいだ。

夢の中の私は、昨日の私ができなかったことをしていた。

本当に最低だと思う。

体の中の空気を全部吐き出して、布団《ふとん》に潜り込む。

ベッドから起き上がりたくない。

手のひらで宮城が跡をつけたであろう場所を押さえる。

跡がどうなっているのかはわからない。

面倒だ。

確かめて跡がしっかりと残っていたら、学校を休みたくなる。でも、この家にはいたくない。かといって、学校をサボってうろうろするわけにもいかない。跡が残っていなかったらそれでいいけれど、昨日あった〝いいこと〟が全部嘘だったような気がして不安になる。

消えていてもいなくても、私は納得がいかない。

これからどうするのか。

ゴロゴロしながら考えるけれど、時間は無限にあるわけではない。スマホのアラームが鳴って、私は仕方なくベッドから這《は》い出た。

息を吸って、吐いて。

テーブルの上にスタンドミラーを置いて、宮城がつけた跡を見る。

「んー」

薄れている。

それもかなり。

跡があったことはわかるけれど、よく見なければわからない程度になっているから、誰かに見つかっても噛み跡だとはわからない。虫に刺されたと言えばそんなものに見えるだろうし、なんでついたのかわからないと言えばそんなこともあるよねという話になりそうだ。

ほっとしたような、がっかりしたような。

端的に言えば〝微妙な結果〟ということになる。本当なら跡が目立たないことは喜ぶべきことなのだろうけれど、素直に喜べない。私は薄れた跡を撫《な》でてから、一階へ行く。

歯を磨いたり、朝ご飯を食べたり。

学校へ行く準備を済ませて、制服に着替える。

鏡の前に立ち、ブラウスのボタンを一番上まで留めてみる。

宮城がつけた跡は、やっぱり隠れない。

でも、よく見なければわからない。

私はボタンを一つ外して家を出る。

普段しないことをしたら、目立たないものが目立ってしまいそうだと思う。いつも通りが一番いい。だから、真冬の凍えそうな通学路をいつものペースで歩いて、いつものように学校へ行き、騒がしい廊下を歩く。宮城はいない。階段を上り、目的地である三組の教室に近づく。宮城とはすれ違わない。教室は十分も二十分も歩かなければならないほどの遠さはないから、あっという間に三組の教室に辿《たど》り着く。

中に入る前に薄れた噛み跡に触れる。

今日はペンダントよりもこの場所が気になる。

跡はただの跡でしかなく痛みを感じないはずのものなのに、痛い。不必要にここに跡が

あることを示してくる。

宮城が私にくれるものは、扱いに困るものばかりだ。使うことができない五千円札に、

首輪のようなペンダント。ほかにも形あるものが私の家で眠っている。

今日はこの〝跡〟が私について回って、宮城のことばかり考える時間を作り出している。

ぎゅっと指先で跡を押して、教室に入る。自分の席に鞄《かばん》を置いて羽美奈と麻理子《まりこ》がいる

場所へ行き、「おはよ」と声をかける。

「葉月《はづき》、おはよ」

麻理子から元気のいい声が返ってきて、その後ろに羽美奈の「おはよ」という低い声が

ついてくる。

「羽美奈、元気ないじゃん」

正確に言うなら、彼女の機嫌はかなり悪そうだ。朝から面倒くさそうだと思う。

「冬休みにバイトしようとしてるのバレて、親に怒られた」

羽美奈が不機嫌極まりない声で言い、麻理子が呆《あき》れたように続けた。

「時期がわるいでしょ、受験前だよ。ねえ、葉月」

「まあね。受験終われば好きなだけバイトできるんだし、冬休みは我慢したら？」

「そうだけどさあ」

納得するつもりのない声で羽美奈が言う。

二人は私を見ているけれど、首筋についた跡に気がついていない。きっと、この先も羽美奈は気がつかない。麻理子も気がつかない。宮城なら気がつくだろうけれど、廊下ですれ違うかわからない。今日、呼び出されることがあれば確実に会うことができるが、続けて呼ばれることはほとんどないし、あんなことがあったあとだから家に呼ばれることもないはずだ。

手が跡を触ろうとして、ネクタイを直す。

冬休みが近い。

宮城が早く私を呼べばいい。

私は噛み跡に向かいたがる腕を自分の手で強く摑《つか》まえた。

第6話　宮城に会う理由

あれから権利を行使する機会がない。

宮城から呼ばれることのないまま、冬休みは最終日になっている。

冬は休みが短すぎてつまらない。

私は遅くもなく速くもない速度で、暗くなりかけている街を歩く。

予備校の帰り、真《ま》っ直《す》ぐ家へ帰るべきだと思っているけれど、足が勝手に家ではないほうへと向かう。意思は頭ではなく足にあって、私は目的地があやふやなまま歩き続ける。

いくつか角を曲がって、寒そうに道を歩く人にぶつかりそうになって。

自分がどこへ向かっているのかわからないことにしたかったけれど、見慣れた街並みのせいで足が向かっている場所が嫌でもわかる。数十メートル歩いて、私は財布を忘れて宮城から五千円を渡された本屋に辿り着く。

自動ドアが開きそうで開かない場所で迷う。

中へ入るか、このまま回れ右をして帰るか。

慌てて帰って勉強しなければならないほど、追い込まれているわけではない。

「……そう言えば、買ってなかったっけ」

羽美奈《うみな》がいつも読んでいる雑誌をまだ買っていないことを思い出す。明日から学校が始まる。なくても困らないが話を合わせるならあったほうがいいものだから、本屋に入る。

広い店内をぐるりと一周する。

雑誌を買ってすぐに帰らなければならないほど、時間がないわけではない。本屋の中をもう一周して、のろのろと雑誌のコーナーへ向かう。

「いるわけないか」

一年半くらい前。

二年生だった私はここで宮城《みやぎ》に会って、彼女の部屋で五千円と引き換えに命令をきく契約を結び、未《いま》だに五千円と引き換えに命令をきいている。約束を破ったりすることもあるけれど、あのときから関係は変わっていないように思う。

と言っても、まったく変わっていないわけではない。

いくつもの出来事があって、変化したところもある。でも、関係の根っこになっている部分が大きく変わったようには感じられない。

この冬休みも同じだ。

対価が五千円ではなくキスになっているが、私たちはなにかと引き換えに欲望を満たしている。関係が大きく変わったようには思えない。

私は雑誌が並べられた棚の前で足を止め、派手な文字が並んでいる本の中から一冊手に取る。

ぱらぱらとページをめくって、もとあった場所に戻す。

同じことを何度か繰り返してから、羽美奈が毎月買っている雑誌を持ってレジへ向かう。

鞄の中に財布はある。

背後から五千円札が出てくることもなく、自分でお金を払って雑誌が入った袋を受け取る。

スマホを見ると、まだそれほど時間が経《た》っていない。

足が勝手に漫画の棚に向かって動く。

のんびりと歩いて漫画が詰まった棚の近くまで行くと、見覚えのある背中が目に入る。

見たことのないコートにいつもはしていないマフラーをしているけれど、それは宮城に違いなかった。

——二周してもいなかったのに。

宮城は新刊をチェックしていて私に気がつかない。

私はこの店に入ったときと同じように迷う。

宮城に会いたくて本屋に来たわけではないのに、声をかけたらまるで宮城に会いたくてここにいると思われそうだ。

偶然。

たまたま。

意図したわけではなく。

雑誌を買いにきたら宮城がいただけ。

心の中に言い訳を並べて、雑誌が入った袋を強く摑《つか》む。宮城に会いに来たわけではないが、いるかもしれないと思ったことは事実だ。

私は、今の関係に不満がある。

こうしていくつも言い訳を並べなければ声をかけられないことを不満に思っている。同じ種類のものかどうかはわからないが、宮城も今の関係に不満を持っているように見える。そうじゃなければ、一緒に眠りたがったり、ペンダントを確かめたがったりしないはずだ。今までと同じでいいなら、冬休みに勉強を教えてだとか、泊まってもいいだとか言ったりしない。

私は小さく息を吸う。

「宮城」

本を選んでいる人の邪魔にならない程度のボリュームで声をかける。

けれど、宮城は私を見ない。

声が聞こえているのに無視しているようにも思えるし、声が小さくて聞こえなかっただけのようにも思える。

このまま立ち去ってしまおうかと足が動きかける。

そして、そういう自分にも、振り向かない宮城にも失望する。

不満を取り除く方法はわかっている。

約束を少し変えるだけでいい。

たとえば、学校で声をかけてもいいことにするとか。

たとえば、休みの日も会ってもいいことにするとか。

たとえば、友だちになることにするとか。

ほかにも変えられることはいくつもあるけれど、どれかを選ぶような約束を大きく変えるほどの勇気はない。私の中にある勇気は、宮城にもう一度声をかけるくらいの量だけだ。

「宮城」

さっきよりも少し大きな声を出すと、宮城が振り返って「仙台《せんだい》さん」と私を呼んだ。

「漫画買いに来たの？」

隣に立って、宮城が手に持っている本を見る。

「うん。仙台さんは？」

「いつもの雑誌買いに来た」

左手に持った袋を見せると「そうなんだ」と返ってきて、会話が途切れる。宮城が私から数歩離れて、何冊か漫画を手に取る。私の目は、彼女の手にある漫画よりも首を覆うマフラーに向かう。

「じゃあ、レジ行くから」

先に帰るからと宣言するように宮城が言って、歩きだす。

私は黙ってその後をついていく。

「……仙台さん。私、これ買ったら帰るんだけど」

宮城が足を止める。

「うん」

「なんでついてくるの？」

「バイバイって言わなかったから」

私を置いて帰りたいのはわかったけれど、今日はこれでお別れだからという挨拶はなかった。

「バイバイ」

そう言って宮城が歩きだす。

私はまた後をついていく。

今度はなにも言われない。

宮城がお金を払って漫画の入った袋を受け取る。そして、振り返ることなく本屋を出る。てくてくと彼女のあとを歩いていると、冷たい声が聞こえてきた。

「ついてこないでよ」

「なんで？」

背中しか見せてくれない宮城に尋ねる。

「仙台さんと一緒に歩いてるところ、見られたくない」

「そんなに簡単に知ってる人に会ったりしないって」

「夏休みに一緒にいるところ、茨木《いばらき》さんに見られたよね？」

「そうだっけ？」

しっかりと記憶に残っているけれど、認めない。

宮城の言葉通り、友だちごっこをするために出かけていた私たちを羽美奈は見ていた。

でも、今日もそういうことが起こるとは限らない。

「仙台さん、絶対に覚えてるよね？　すぐ適当なこと言うの、やめたほうがいいよ」

「宮城、細かい。適当でいいでしょ。こんなところに羽美奈いないだろうし」

「歩いてるかもしれないじゃん」

「羽美奈なら家にいると思うし、ちょっと歩くくらいならいいんじゃない？」

「……ちょっと？」

宮城がぴたりと止まって振り返る。

「ちょっと」

「……まあ、ちょっと歩くくらいならいいけど」

大歓迎というわけではないけれど、嫌がっている声でもない。私は「じゃあ、そこまで」と言いながら三歩進んで、宮城の隣へ行く。

「仙台さん、そこってどこ」

「そこはそこでしょ」

そこがどこかは決めていないから、私もわからない。

宮城もそれ以上は追及してこなかった。

なんとなく二人で歩き出して、私は本屋にいるときから気になっていた宮城のマフラーを引っ張る。

「マフラーしてるの珍しくない？」

「珍しくない。今日、寒いし」

確かに今日はいつもより気温が低くて、吐く息が白い。

でも、雪が降りそうなくらい寒い日も宮城はマフラーをしていなかった。記憶の中の彼女は暖かそうなコートを着ていることがあっても、マフラーはしていない。震えていたって、していなかった。だから、〝寒いから〟はマフラーをしている理由にはならない。

「ちょっと貸してよ」

私はマフラーをもう一度引っ張る。

理由もなくいつもはしないものをしているはずがない。

「やだ」

「いいじゃん」

「引っ張ったら苦しいって」

宮城が鬱陶しそうに言って、私の肩を押してくる。それでもマフラーを離さずにいると、宮城が足を止めてこの街すべてが白く染まってしまいそうなほど大きなため息をついた。

「外すから、はなしてよ」

面倒くさそうな声に従って素直に手を離す。すると、すぐにマフラーが外されて私の手元にやってきた。

「……マフラー、なんのためにしてたの？」

私は、マフラーの下から現れたタートルネックのニットをじっと見る。

「寒いからって言ったじゃん」

「隠すためかと思った」

こんなのは反則だ。

宮城《みやぎ》がいつもはしないマフラーをしている理由。

それは数日前に私がつけたキスマークを隠すためで、マフラーがなくなれば今も残っているかもしれない跡を見ることができると思っていた。

「消えたから」

なにを隠すためかは口にはしなかった私と同じように、宮城も消えたものがなにかは言わない。

「本当に？」

「ほんと」

「見せてよ」

「やだ」

冬の風よりも冷たい声が聞こえて、私の手元からマフラーが消える。宮城が漫画の入った袋を私に押しつけ、マフラーを巻き直す。そして、袋を奪うように取るとゆっくりと歩き出した。

二年生だった私が初めて宮城と一緒に歩いた道を辿《たど》っていく。

あのとき、黙って喋《しゃべ》らなかった宮城は今も黙っている。でも、あのときとは違って今は沈黙が気にならない。真っ直《まっす》ぐ家に帰れば良かったとも思わない。

「仙台さん、いつまでついてくるの。家、こっちじゃないじゃん」

不満そうな声が聞こえて、宮城は同じ気持ちではないことがわかる。

「そこまでって言ったでしょ」

「もうそこまで来たから。バイバイ、またね」

白い息とともに棘《とげ》のある言葉が吐き出される。

「待ちなよ」

逃げるように立ち去ろうとしている宮城の腕を掴む。

「待たない。はなしてよ」

「はなしてほしかったら、首見せて」

「やだって言ったじゃん」

「見たい。見せてよ」

消えているなら、もう一度つけたいと思う。

今度はもっと長く消えないように。

学校で見えてしまうように。

「絶対にやだ」

宮城が腕を摑《つか》んだ私の手を叩《たた》く。

「けち。服脱げって言ってるわけじゃないし、いいじゃん」

仕方なく手を離して、でも、納得できなくて文句を言う。

「こんなところで服脱げなんて言ったら、変態以上のなにかだし、捕まってもいいくらいでしょ。っていうか、通報してあげるから捕まったら?」

「ほんと、宮城って酷《ひど》いよね」

つけた跡が残っていてもいなくても、私たちは変わらない。そんなことくらいで今の関係が変わったりしないことは知っているけれど、なにかが変わればいいのにと思う。でなければ、宮城が宇都宮《うつのみや》と同じ大学に受かったところで、私と会ってはくれない気がする。

「仙台さん。私、本当に帰るからついてこないで」

「わかった。またね」

他に言うべきことがあるはずだけれど、口から出てくる言葉はこんなものくらいしかない。

「じゃあね」

宮城がまたねとは言わずに手を振る。

それに手を振り返すと、彼女は家へ向かって歩き出した。

◇◇◇

「はい」

玄関に入ると、すぐに五千円札を渡される。

冬休みが終わり、キスを対価にした関係も終わった。そうなれば、私たちは五千円を介した関係に戻るしかない。

「ありがと」

お礼を言って、差し出されたお札の端を摑む。ぴっと引っ張ると、引っかかりを感じる。

でも、ちょっとだけ力を入れるとすぐに五千円札が私の元にやってきた。

私はいつものようにすんなりとやってこなかった五千円札に、彼女の名前を呼ぶ。

「宮城？」

なんでもありそうとしか思えない声が聞こえてくる。

「なんでもない」

会った瞬間から彼女の機嫌は悪い。

だが、私の機嫌だってそれほど良くはない。冬休みが終わってもすぐには呼び出されたりしないとは思っていたが、新学期が始まって一週間近く経《た》っても呼ばれないとは思っていなかった。

「私のこと呼ぶの、遅くない？」

「いつ呼んだっていいじゃん」

「いいけど、良くない」

このまま呼ばれなかったら、宮城に会わないまま受験本番を迎える。

それくらい試験の日が近づいていた。

お互い自分のことに集中しなければならない時期で、呼び出されなかった分だけ勉強することができた。それはそれでありがたかったし、会わないままでもかまわなかったけれど、面白くはなかった。

そして、当たり前のことではあるが、彼女は本番が近いからとか、集中したいからなんていう〝私を呼ばない理由〟を連絡してこなかった。

本当に宮城は面白くないと思う。

「本番に向けて気を遣って呼ばないでいてあげたんだから、感謝してよ」

宮城が恩着せがましく言って、部屋に入る。

「気を遣ってなんて頼んでないから」

ぱたりとドアを閉めてから、ブレザーを脱いでブラウスの上から二つ目のボタンを外す。いつもの場所に座ると、宮城が隣にやってくる。目が勝手に彼女の首に向かう。ブラウスのボタンはしっかりと一番上まで留められていて、首筋に跡は見えない。

当然だ。

あれから結構な時間が経っている。

跡が残っていたらそれは私がつけたものではなくて、ほかの誰かがつけたものということになる。だから、傷一つない首は喜ぶべきものなのだと思う。でも、落胆している私がいる。

宮城の首に手を伸ばす。

けれど、手が触れる前に宮城が立ち上がった。

「飲み物持ってくる」

「いらない」

「仙台《せんだい》さんがいらなくても私がいる」

平坦《へいたん》な声で言って、宮城が部屋を出て行く。一人残された私は、テーブルに参考書や問題集を並べてその上に突っ伏す。

大学に入学するための試験をいくつか受ければ、すぐに約束の卒業式がやってくる。私たちに残されている時間は少ない。

「仙台さん、なにやってるの？」

いつ戻ってきたのか、近くで宮城の声が聞こえる。

「睡眠学習」

「起きてるのに？」

「寝てる」

テーブルに突っ伏したまま答えると、「邪魔」と邪険に扱われる。横から体を押されて顔を上げると、参考書の向こうに麦茶とサイダーが並んでいた。私は麦茶を一口飲んでから尋ねる。

「大学、受かりそう？」

「仙台さんは？」

「たぶん、大丈夫なんじゃない」

高校は、親が思っていた高校には行けなかった。

大学も、親が思っている大学にはいけない。

惰性の中から選び出した大学は親の希望とは違うけれど、それなりの学力が要求される。

予備校では受かると言われているが、不安がないと言えば嘘《うそ》になる。

この世界に絶対なんてない。

でも、今さら騒いでもどうにもならないし、やれるだけのことはやっている。駄目なら滑り止めだってある。そう思ってやるしかない。

「で、宮城はどうなの？」

「どれか一つくらいは受かるんじゃない」

「ここまできて適当過ぎない？」

「あんまり自信ないもん」

宮城が頼りなさそうに言う。

そんなことでは困る。

宮城は大学に受からなければならない。

受験に失敗すれば、彼女はここに残ることになる。

そして、宮城《みやぎ》がここに残っても私はここを出て行く。受験に失敗したとしてもここではない予備校に通うつもりだから、交わるところのない未来しかなくなってしまう。

「ちゃんと勉強したんだし、もう少し自信持ちなよ」

自信がないなんて言っていたら、受かるものも受からなくなりそうだ。宮城がどこの大学を選ぶのかわからないが、宇都宮と同じ大学に入学するという選択肢が消えてもらっては困る。全部受かってみせるくらいの気持ちで試験を受けてほしい。

「勉強、嫌いだし」

「そういうこと言ってると落ちそうだから、もっとポジティブなこと言って」

「無理。っていうか、そんなに心配なら勉強始めようよ」

「んー、先になにか命令しなよ。気分が乗らない」

久しぶりに命令という言葉を口にした気がする。

「先に勉強。もうすぐ本番じゃん」

珍しく宮城が真面目なことを言ってペンを握り、問題集に視線を落とす。でも、私は彼女のように問題集を見ようとは思えない。気になることが多すぎて、気持ちをリセットしたいと思う。

「命令からだっていいでしょ。どうせなにかしなくちゃいけないなら、やってからのほうが落ち着いて勉強できるし」

「じゃあ、絶対に合格する方法教えて」

「そんなの私が知りたい。もっと現実的な命令にしなよ」

「そこまで言うなら、仙台さんが命令の内容考えてよ」

宮城が問題集から顔を上げて、面倒くさそうに言う。

「私が？」

「そう。私に命令されたいこと自分で決めて」

「自分で自分がしなくちゃならない命令考えるっておかしくない？」

命令に従うことには慣れているが、命令を考えることには慣れていない。それに自分が従う命令を自分で考えるというのは、特殊な性癖の持ち主になったようで受け入れがたい。

「おかしいと思うなら、先に勉強すれば。終わるまでにはなにか考えておくし」

「……今、考える」

宮城の提案は大雑把すぎる。

でも、彼女から行き過ぎた命令をされるよりはマシだ。

私は、汗をかいたグラスを眺めながら考える。

宮城が納得しそうで無難な命令。

そんなものがないか頭を働かせながら、麦茶の入ったグラスから視線を動かす。

問題集。

消しゴム。

ペンケース。

ペンを握った手。

視線はそこで止まる。

「決めた」

「なに？」

「おまじないして、って命令しなよ」

にこりと笑いかけるが、宮城は眉根を寄せた。

たぶん、〝おまじない〟がどういうものか考えている。けれど、それは答えがない問題と同じで、宮城がどれだけ考えてもわかるものではない。

「……おまじないしてよ」

たっぷり十秒ほど考えた宮城が諦めたように命令を口にする。

「じゃあ、ちょっとこれ貸して」

そう言って、私は宮城の手からペンを取り上げる。

でも、必要なものはペンではないから、それはテーブルの上に置く。私はあからさまに警戒している宮城の手首を掴《つか》んで、彼女の指先に唇を寄せる。爪の先にそっと触れると、掴んでいる手が強《こわ》ばった。

「正しい答えが書けるおまじない。宮城、合格する方法教えてって言ったでしょ」

彼女の手が逃げ出してしまわないように簡単な説明をする。

「そんなおまじない聞いたことない」

「宮城が知らないだけじゃない？」

私は手首を掴む手に力を入れて、自分のほうへと引き寄せる。そして、これまで私に何度も触れてきた手にキスをする。

手の甲。

指の根元の関節の上。

中指の真ん中らへん。

何度もキスを落としていくと、手から力が抜ける。

体の一端に唇で触れるなんてことは、ほかの誰にもしたりしない。宮城にだけすることで、この行為は手で触れるよりも体温が近く感じられて気持ちがいい。

私は、手の甲に骨の感触がわかるほど強く唇を押し当てる。軽く吸うと手が逃げ出そうとしたから、最後に指先にキスをして手首を離す。

「……これ、仙台さんが適当に作ったおまじないでしょ」

宮城がどこから見ても不機嫌にしか見えない顔で言い、指先を見た。

「適当に作ったものだとしても、効果があれば問題ないと思うけど」

本当は同じキスなら首にしたいし、見えるような跡を残したいけれど、そんなことをしたらこの部屋から追い出されるに違いない。もしかしたら、二度と口を利《き》いてくれないかもしれない。

「効果なさそう」

素っ気ない声が聞こえて、私は宮城の手をもう一度握る。

「あるって」

根拠のない言葉を口にしてから、指先にキスをする。そして、宮城の人差し指を口に含む。関節の上に歯を立てて、舌で指の腹を押す。そのままゆっくりと舌を這《は》わせると、宮城が怒ったように指を引き抜いた。

「やめてよ」

「なんで？　宮城、こういうの好きでしょ」

声には棘《とげ》があったが、手を摑んでも抵抗しない。

私は過去に命令されて、何度も彼女の指を舐《な》めた。今さら抵抗するなんて許されるわけがない。

宮城を見る。

目は合わせてはくれないけれど、怒って私を追い出しそうには見えない。手のひらに唇をつけると、腕がぴくりと動く。指と指の間に舌を滑り込ませる。

「仙台さんっ」

珍しく宮城が大きな声を出して私の腕を叩《たた》き、制服に爪を立てる。鈍い痛みに手を離すと、宮城がワニの背中からティッシュを引き出して濡《ぬ》れた指を拭った。

こういう光景は何度か見たことがあるし、今までは平気だった。でも、今日はティッシュで私という存在も拭い消しているように見えて苛々《いらいら》する。

もっと言えば、むかつく。

手を伸ばして首筋に触れると、宮城がほんの少し後ろへ下がった。今はそういう些細《ささい》なことが許せない。私は宮城を抱き寄せて、唇で頬に触れる。

絶対に抵抗される。

そう思ったけれど、彼女は私の背中に手を回した。

体が必要以上に密着する。

「……宮城？」

返事の代わりに息が耳に吹きかかって、硬いものが当たる。それが歯だということがすぐにわかって、次になにが起こるか想像できた。でも、宮城から体を離す前に耳を齧《かじ》られる。

「いたっ」

思わず声を上げるが、宮城は離れない。それどころかさらに強く噛《か》んできて、耳がちぎれそうなくらいの痛みを感じる。肩を摑んで体を押し離すと、宮城が不機嫌に言った。

「仙台《せんだい》さん、なんなの」

「なんなのはこっちの台詞《せりふ》でしょ。気に入らないと噛みつくのやめなよ。マジで痛かったんだけど」

「変なことするほうが悪い」

宮城が言う〝変なこと〟が手を舐めたことなのか、抱きしめたことなのかはわからないが、お気に召さなかったらしい。

「それにしたって、本気で噛むことないでしょ」

「こんなの、おまじないじゃない」

「おまじないだって。それに命令考えろって言ったの、宮城じゃん」

元を辿《たど》れば、命令を自分で考えなかった宮城が悪い。

本人もそう思っているのか、言い返しては来ずにむすっとしている。

「言いたいことは？」

尋ねると、宮城が転がっていたペンを握った。

「合格しなかったら恨むから。もう一年受験勉強するとか嫌だし」

「じゃあ、もう一回おまじないしてあげようか？」

「しなくていい」

宮城が私を見ずにノートへ視線を落とす。

けれど、真っ白なノートに文字が書かれることはない。

「宮城」

「なに？」

「試験、真面目に受けてきてよ」

「仙台さんに言われなくても真面目にやる」

顔を上げずに宮城が言う。

いい加減なおまじないを対価に、絶対に受かってなんて重すぎて言えない。それでも私は宮城《みやぎ》が絶対に受かるようにと願った。

◇◇◇

放課後が近づいていて、教室は落ち着きがない。

ホームルームは消化試合のようなもので、先生もやる気がなさそうに見える。私は、今日一日を締め括《くく》る言葉を探している先生から羽美奈《うみな》に視線を移す。

共通の入学試験に当たるテストは無難に終わった。

どこまで本気かわからないが、羽美奈は余裕だったと言っていた。麻理子《まりこ》もなんとかなったと笑っていた。絶対に大丈夫なんて断言はできないが、私も上手《うま》くいったとは思う。

でも、宮城がどうだったのかわからない。

おまじないをした日から彼女と会っていないし、連絡もないから知りようがない。普通ならこういうとき、テストが上手くいったとか、いかなかったとか連絡くらいしてくると思うけれど、私たちはそういう関係ではない。勉強仲間ではあるが、友だちでない私に宮城は薄情だ。

視線を黒板の前へと戻す。

先生が教室を見回してそれほど重要ではないことを大きな問題のように告げて、ホームルームを終わらせる。教室がすぐにざわつきだし、放課後がやってくる。

「葉月《はづき》。今日、行きたいところあるんだけど付き合ってよ」

羽美奈の声が聞こえてきて、返事に迷う。

立ち上がってはみたものの、すぐに「いいよ」とは言えない。

「あれ？　もしかして用事ある？」

羽美奈が鞄《かばん》を私の机の上に置いて問いかけてくるが、あまりいい顔はしていない。

今からでも「ないから行く」と言うべきだと思う。高校生でいられる時間は少なくなっているが、羽美奈の機嫌を損ねるようなことはしないほうがいい。

私は口角を上げて笑顔を作る。

斜めになりかけた羽美奈の機嫌を戻すために「ないから行く」と言おうとすると、隣から麻理子の声が聞こえてきた。

「今日は二人でいいじゃん」

「えー」

明らかに不満だとわかる声を羽美奈がだすが、麻理子が羽美奈の鞄を持ち、彼女の手を引っ張って歩きだす。

「ごめん。今度、埋め合わせするから」

二人の背中に声をかけると、麻理子がひらひらと手を振って応えた。

視線を落としてスマホが入った鞄を見る。

宮城にどうしても会いたいとは思っていなかった。

でも、羽美奈に誘われて迷った私が本当の私だ。

スマホを取り出し、宮城に向けたメッセージを打ち込む。

『早く私のこと呼びなよ』

少し迷ってから送信ボタンを押す。

連絡をしてこない宮城に連絡をする私。

こういう構図ができていることに不満があるけれど、私から連絡しなければ一生連絡がこないかもしれないから仕方がない。

ため息を一つつく。

一分、二分。

ゆっくりと時間が過ぎていき、メッセージを送ってから五分経《た》ってもスマホには反応がない。

思った通りだ。

宮城は返信してこない。音楽準備室に呼び出そうかと考えて、やめる。今のメッセージに返事をくれないなら、呼び出したところで来てはくれない。

宮城のクラスは隣だ。

直接つかまえたほうが早い。

コートを着て鞄を持って廊下へ出る。隣のクラスのドアは閉まっていて、小窓から中を覗《のぞ》く。すると、宮城が宇都宮《うつのみや》たちと一緒に後ろのドアから教室を出ようとしているところで、私は廊下に視線を移す。

宮城と目が合う。

でも、声をかける前に宮城が「忘れ物」と言って教室に戻っていく。そして、すぐにスマホが鳴った。

『少ししてから家に来て』

鞄から取り出したスマホに映っていた文字は、宇都宮たちの前で声をかけられるよりはマシだと思って送ってきたメッセージに違いない。そう思うとカチンとくる。教室の中から、宮城を引きずり出したくなる。私と宮城は今までずっと放課後を一緒に過ごしていて、夏休みも冬休みも会っていたと宇都宮たちの前で言ってやりたいと思う。

実際にそんなことをしたら、残り少ない高校生活が大変なことになりそうだからしたりはしないけれど。

『少しってどれくらい？』

教室と教室の間にある壁に寄りかかって、返事を送る。ぼんやりと辺りを見ていると、廊下が寒すぎるのか宮城を待っていた宇都宮たちが教室に戻っていく。その間にもスマホにメッセージが送られてくる。

『私が教室出てからしばらくして』

『わかった』

『今から教室出るから声かけないで』

『はいはい』

学校では声をかけない。

破りかけた約束を守ると伝えるメッセージを送って、廊下を見る。すぐに宮城が出てきて、宇都宮たちと歩きだす。

しばらくがどれくらいかはわからないが、五分待ってから私も学校を出る。

宮城の家へ向かう道を急ぎ足になりすぎないように歩く。

ゆっくりと流れる景色は味気ない。

街路樹に緑はないし、道行く人の格好も地味に見えた。

彩《いろど》りに欠ける冬の風景は目に映るだけで気が滅入《めい》ってくるし、風が冷たい。のんびりとまではいかなくても速すぎないスピードで進んでいたはずが、テンポが上がる。五分遅れて出たはずなのに、先に学校を出た宮城の背中が見えてくる。

「宮城」

あと一分ほどでマンションに着くという頃に声をかける。

でも、宮城は足を止めない。

私はマンションの前で隣に並んで、中へ入る。

「仙台さん。私、しばらくしてから家に来てって言ったよね？」

「しばらくしてから学校出たけど、追いついた」

エントランスを抜けて、二人でエレベーターに乗る。

「追いつくっておかしくない？　急いで来たでしょ」

「宮城が歩くの遅いだけじゃない？」

「遅くない。仙台さんが速い」

文句を言う宮城とエレベーターを降りて、玄関まで歩く。鍵を開けた彼女の後から中に入ると、ちょっと待っててと言って宮城が部屋に消える。そして、すぐに戻ってきた彼女から五千円札を渡された。

「ありがと」

ぴっと引っ張ると少しだけ引っかかりを感じたけれど、すぐに手元にやってくる。もらった五千円をしまってから宮城を見ると、微妙な顔をしていた。

「宮城？」

「なんでもない」

この前と同じやり取りを今日も繰り返して、宮城がキッチンに消える。私は先に部屋へ入って、コートとブレザーを脱ぐ。ブラウスのボタンを一つ外して、黒猫が番人をしている本棚から漫画を一冊持ってくる。ベッドに寝転がってページをぺらぺらとめくっているとドアが開いて、宮城がテーブルの上に麦茶とサイダーを置いた。

「エアコン、何度にしたら暑くないの？」

私が床に置いたコートとブレザーをハンガーに掛けながら、宮城が問いかけてくる。

「脱ぐの癖みたいなものだし、何度でもいいよ。暑かったら暑いって言うし。――で、宮城。私に話すことあるよね？」

私は読みかけの漫画を閉じて起き上がる。

「話すことって？」

宮城がベッドを背もたれにして座り、まったくわからないという顔でこっちを見てくる。

「テスト、どうだったの？　上手くいった？」

「それ、仙台《せんだい》さんに言う必要ある？　受かったかどうかは教えるって言ったけど、テストが上手くいったかどうかを話すとは言ってない。それにまだ試験あるし」

「良かったか悪かったかくらい今すぐ言えるでしょ。ケチケチしないで教えなよ」

枕を摑《つか》んで宮城の頭をぽすんと叩《たた》く。

まだ受けるべき試験はあるし、これで終わりではない。彼女が言う通り、試験が上手くいったかどうか私に報告する義務もない。約束していないのだから、聞きたいというのは私の我《わ》が儘《まま》だ。でも、知りたいという欲求を抑えることができない。

「宮城」

もう一度、枕で頭を叩くと宮城が眉間に皺《しわ》を寄せた。

「……まあまあ」

少し間を置いてから、曖昧な言葉が返ってくる。

「まあまあ？　まあまあってなに？」

「そんなこと言われても、まあまあだったんだから仕方ないじゃん。大体、仙台さんはどうだったの？」

「まあまあ」

聞いたばかりの言葉を返すと、宮城《みやぎ》が私に背を向けた。

顔が見えなくても、機嫌を損ねたのだとわかる。

宮城がグラスを取って、サイダーを飲む。半分ほどになったグラスがテーブルの上に戻される。

沈黙には慣れている。そもそも、機嫌が悪くなるとわかっていて〝まあまあ〟と返した。それでも部屋に充満するどんよりとした空気が気になって、口を開く。

「宮城ってさ、卒業旅行とかするの？」

ありきたりで面白くない話を振る。

「しない。仙台さんは？」

「旅行ってほどじゃないけど、羽美奈《うみな》たちと出かけることにはなってる」

「へえ」

少し低い声が返ってくる。

宮城が振り返って私を見ると、立ち上がってベッドの上に置いていた漫画を奪うように取った。

「読んでるんだけど」

続きが読みたいわけではないが、文句を言う。

「閉じてたし、読んでなかった」

「これから続き読むところ」

「命令するから、続きは後で読んで」

そう言うと、宮城が漫画を本棚に片付ける。

「今日はなにするの？」

「そこにちゃんと座って」

クローゼットの前から命令が飛んでくる。

「ベッドに？」

「そう」

宮城の言葉に従ってベッドに腰掛けると、クローゼットが開けられる。そして、宮城が水色のタオルを出してくる。

「受け取って」

言葉と同時にぽいっとタオルが投げられるが、それは私がいる場所よりも手前に着地した。でも、宮城は気にしない。私がタオルを拾う前に次の命令を口にする。

「それ、どうすればいいかわかるよね？」

静かな声でそう言うと、タオルを指さす。

「自分でするんだ？」

私は水色のタオルを手に取って尋ねる。

過去と照らし合わせれば自分がするべきことがなにかはわかるが、この命令の後にされるであろうことを考えると積極的に従いたいとは思えない。

「自分でして」

宮城は趣味が悪い。

おおっぴらにはできないような命令ばかりする。

まあ、宮城から命令されているなんてこと自体がおおっぴらにはできないことではあるけれど。

「早くしてよ」

タオルを手に迷っていると、宮城に急《せ》かされる。

自分でしても、宮城にされても結果は変わらない。

目隠しをしたという事実ができて、先へ進むだけだ。自分で目隠しをすることに抵抗はあるけれど、もたもたしていると宮城の機嫌が余計に悪くなってこの後の命令がさらにろくでもないものになる可能性がある。

私は、水色のタオルで目を覆う。

自分で目隠しをすることで背徳感が増している。

本当に宮城は趣味が悪い。

「なにも見えないし、つまんないんだけど」

どこにいるのかはっきりわからない宮城に文句を言う。

「仙台さんを面白くするためのものじゃないから」

正面から声が返ってくる。

「じゃあ、これ、宮城は面白いわけ？」

「面白くない」

宮城は趣味が悪いだけではなく、思考もおかしいらしい。

面白くないことを人にさせる意味がわからない。

「それで、私はなにをされるわけ？」

見えないことへの不安を誤魔化したくて尋ねる。

でも、答えは返ってこない。

「宮城？」

正面にいるであろう宮城の名前を呼ぶと、頬に手が触れた。

その手がふわりと頬を撫《な》で、唇をなぞる。

思わず体が硬くなる。

夏休みに目隠しをされたことを思い出す。けれど、手はすぐに離れて、あのときのようにキスをしてくることはなかった。

「仙台さん」

宮城が静かに私を呼ぶ。

触れてはこないが、視線を感じる。目を隠すタオルが邪魔で本当に見られているのかわからないけれど、落ち着かない。首の辺りがむずむずする。

「返事してよ」

黙っている私に宮城が怒ったように言う。それでも返事をせずにいると、もう一度「仙台さん」と呼ばれた。

「なに？」

「――大嫌いって言って」

「は？　なに、突然」

「いいから言ってよ」

「なんで？」

「なんででも」

聞こえてくる声はいつもと変わらない。

不機嫌なときに出す少し低い声だ。

宮城がわけのわからないことを口にするのは、珍しいことではない。彼女の行動は読めないことが多いし、気にしても仕方がないと思う。でも、今の命令は、意味がわからないまま従ってはいけないもののような気がする。

「なにに対して大嫌いって言えばいいの？」

私は宮城と目を合わせるように少し顔を上げ、慎重に尋ねる。

タオルで覆った目が宮城と合うことはないが、彼女の本当の気持ちが知りたくて見えない目を見る。

「……私に」

ぼそりと言われる。

今すぐ。

今すぐ宮城の顔が見たい。

手の自由は奪われていない。

水色のタオルに触れる。

邪魔でしかないタオルを外して、宮城がどんな表情をしているか見ようとする。でも、結び目を解《ほど》く前に手を摑まれてしまう。そして、タオルをぎゅっと縛り直される。

「外していいって、言ってない」

宮城の声が聞こえて、座っている場所のすぐ横が沈む。断ることなく腕が引っ張られる。宮城がいるほうに向かされると、押し倒された。布団《ふとん》のおかげで背中が痛むようなことはなかったが、視界が奪われたまま乱暴に扱われるのは怖い。文句の一つでも言ってやろうと思ったけれど、先に宮城の声が聞こえてくる。

「早く言ってよ」

ペンダントのチェーンに指が触れて、ずるずると引き出される。

ブラウスのボタンは外されない。

ペンダントが強く引っ張られて、チェーンが首の後ろに食い込む。

「引っ張りすぎ。痛いし、壊れる」

宮城はペンダントトップの辺りを摑んでいるらしく首が絞まることはないが、このまま息が止まるほど首を絞めてきそうで背筋が冷える。見えないからなにをされるのかわからなくて、呼吸が少し速くなる。

「はなしなよ」

強く言ってみるが、ペンダントは引っ張り続けられる。

チェーンが連れてくる痛みで眉間に皺《しわ》が寄る。

「宮城」

返事はない。

代わりに熱が近づいて、感覚が鋭敏になる。もう一度「宮城」と呼ぶとペンダントが離され、首筋を噛《か》まれる。生温かいものと一緒に当たっている歯が皮膚に食い込む。けれど、声を上げるほど痛くはない。さっきまでしていたチェーンが食い込む痛みよりもマシだからなのか、宮城の唇が触れているからなのかはわからないが痛みに耐えることができる。

けれど、痛みはそれ以上与えられることはなく、宮城の唇と歯は離れ、噛まれた場所に唇ではないものが触れた。それはおそらく指で、首を撫で、ついでのようにチェーンを撫でて、鎖骨の上も撫でてくる。

当たり前のようにボタンが一つ外されて、ネクタイが解かれる。

タオルで遮られて見えない宮城を見る。

次にされることが頭に浮かんで、息を小さく吐く。

でも、宮城が私の手首を縛ることはなかった。

彼女はネクタイを解いただけで、それ以上なにもしてこない。

手は最初から縛ることができたし、彼女は縛りたかったらもう私を縛っている。

だから、きっと今日、私が縛られることはない。

たぶん、彼女は私に触れてほしいと思っている。

私はそんな自分に都合の良い解釈をして、宮城《みやぎ》の腕を探して引き寄せる。

背中に腕を回して、髪を撫でる。

手がはね除《の》けられることはないし、逃げたりもしない。

「――宮城は私のこと、嫌い？」

髪を梳《す》くように撫でて問いかける。

「……うん」

間を置いてから、返事が聞こえる。

「じゃあ、嫌いだってはっきり言いなよ。そしたら、さっきの大嫌いって言えっていう命令きくから」

手探りで頰を探して撫でて、指先で唇に触れる。

宮城はなにも言わない。

「言っても怒らないから、言いなよ」

指の先、唇は動かない。

ここで嫌いだと言われるようなことがあれば驚く。背中に腕を回しても、髪に触れても嫌がったりしないのに、嫌いだなんて無理がある。

唇からゆっくりと指を離すと、宮城の体も少し離れて、ペンダントに彼女の手が触れた。肌にチェーンの跡がつきそうなほど強くなぞって、指先がペンダントトップに辿《たど》り着く。

「ネックレス、返して」

壊すつもりだと言われたら信じてしまうほど、宮城が強くペンダントを引っ張ってくる。

今度は迷うことなく目を覆うタオルを取る。

随分と不機嫌そうで、でも、泣きそうにも見える顔。

邪魔をされる前にタオルを外した私の目には、眉間に深い皺を刻んだ顔が映っている。

暗闇と圧迫から解放された視界はぼんやりとしているが、見えているものは間違いなく宮城だ。

「勝手に外さないでって言ったじゃん」

宮城がペンダントから手を離して、タオルを奪い取る。

「そんなことより、ペンダント返せってどういうこと？」

「理由なんてない」

素っ気ないというよりは、感情のない声が聞こえてくる。

私は宮城のブラウスを摑《つか》む。

「じゃあ、返さない。卒業式までペンダントしてろって言ったの宮城でしょ。ちゃんと約束守りなよ」

「仙台《せんだい》さんだって約束破るじゃん」

宮城が噛みつくように言って、ブラウスを摑む私の手を剝がした。

「私が破っても、宮城は守りなよ」

身勝手な言い分を口にすると、宮城がなにも言わずにペンダントを引き千切ろうとしてくる。

「これは返さない」

宮城の手を叩《たた》いて、念を押す。

それでもペンダントは引っ張られ続け、私はもう一度彼女の手を叩く。すると、首に食い込んだチェーンが緩んで手が離れた。

「あのさ、宮城。まだ試験あるし、変なこと言うのやめてよ。……落ち込むじゃん」

私は宮城を押して、体を起こす。

「仙台さんは落ち込んだりしないでしょ」

小さな声でそう言うと、宮城がぺたりとベッドにうつ伏せになる。

「宮城って、馬鹿だよね」

私は枕でぽすんと彼女の頭を叩いて、ベッドから下りて尋ねる。

「次は？」

「え？」

宮城が顔を上げて私を見た。

「次、いつここに来ればいいの？　宮城は卒業式まで私を呼んで五千円払うって決まってるんだから、早く言いなよ」

「……連絡する」

「絶対にしないでしょ。今、ここで決めて」

強い口調で催促すると、宮城が枕に顔を埋《うず》めてしまう。

「六日後」

もごもごとくぐもった声が聞こえてくる。

遠い、と思う。

けれど、まだ試験がすべて終わったわけではないし、勉強もしなければならないから六日後という約束はおかしなものではない。

「わかった。それで、自由登校になったらどうするつもり？」

もう一つ、気になっていたことを口にする。

三年生は二月になれば学校が自由登校になり、行っても行かなくてもいいものになる。どちらを選ぶかは生徒に任されているが、ほとんどの生徒は学校へ行かないほうを選ぶ。羽美奈《うみな》も麻理子《まりこ》も、自由登校中は学校には行かないと言っていた。私も行かないつもりだ。

宮城がどうするのかはまだ聞いていなかった。

「……」

聞こえていないことはないだろうけれど、枕に顔を埋めた宮城はぴくりとも動かない。

「宮城、自由登校は休みじゃない」

学校が休みの日は会わない。

そういう約束はしている。

だが、自由登校は学校がある日と言ってもいい。

「宮城」

名前を呼んで返事を催促すると、「言われなくても呼ぶ」と小さな声が返ってきた。

第7話　仙台さんから欲しいもの

約束の六日後は明日で、気が重い。

仙台さんを呼ぶ。

たったそれだけのことが私を憂鬱にさせる。

仙台さんにテストの結果を聞かれてまあまあと答えたけれど、あれは嘘《うそ》だ。まあまあと言うには出来が悪かったと思う。もう少しできると思っていたから、あれをまあまあとは言いたくないし、それをそのまま伝えて仙台さんに落胆されたりしたら面白くない。

だから、仙台さんが約束を破るように、私も彼女に嘘をついた。

私は、こういう自分が嫌いだ。

ピーマンやブロッコリーに春菊。

下校途中に寄ったスーパーに並んでいる野菜の中でも嫌いなものが目について、そういうものと同じように自分が好きになれない。

パセリも嫌いで、仙台さんも——。

嫌いだと思えたら良かった。

結局、仙台さんは大嫌いと言ってはくれなかった。

私はため息を一つついてから、レトルト食品とインスタントラーメンをカゴに入れる。そのままサイダーを買って帰ろうとして、足を止める。野菜のコーナーに戻って、じゃがいもと人参《にんじん》をカゴに放り込む。

頭が良くなる野菜があったらいいのに。

スーパーの中をふらふらと歩きながら記憶を辿る。魚は、頭が良くなる成分が含まれているとどこかで聞いたことがある。でも、魚は好きじゃない。たとえ食べられたとしても、急に頭が良くなったりしないことはわかっている。

今さら慌てても遅いということもわかっている。

でも、神様に縋《すが》るようになにかに縋りたい。

舞香《まいか》と同じ大学に行くなら次にある試験が本番だから、そこが上手《うま》くいけば問題はない。成績も上がっているし、先生からは受けてもいいと言われている。

けれど、先生も自分も信じられない。

仙台さんのことだって信じられずにいる。

揺るぎない自信があればいいと思う。

大学に受かると信じられて、仙台さんのことも信じられたら、卒業しても今まで通り彼女と会い続けてもいいような気がするけれど、実際の私は希望する大学に受かるかどうかわからないし、仙台さんは私との約束を破る。

もしも、舞香と同じ大学に入学できなかったら。

私はここに残ることになる。

ここには亜美《あみ》も残るし、ひとりぼっちになるわけじゃない。舞香とは連絡を取り続ければいいだけだし、受験に失敗したからと言って世界が終わるわけでもない。最初に考えていた生活を続けるだけだ。だが、そんなことになったら面白くないと思う。

受けるなら受かりたいし、受からなかったら気分が悪い。自分で選んだわけではなく、外的な要因で仙台さんと離れることを強制されることは望んでいない。そんなことになるくらいなら、自分から卒業式が来る前に仙台さんから離れてしまったほうがいい。

あの日。

仙台さんが嫌いだと言ってくれたら、約束した日よりも前に離れられると思った。

私は、ペットボトルの棚の前で考える。

サイダーに手を伸ばしかけて、やめる。

仙台さんを優先したいわけではないけれど、冷蔵庫にあった二つのペットボトルは麦茶のほうが心持ち少なかった。

「二本は重いし……」

荷物を持って帰ることを考えると、両方カゴに入れるのはなしだ。私は、サイダーを諦めて麦茶をカゴに入れる。そして、レジへ向かう前に牛肉を一パック取ってくる。

仙台さんとご飯を食べるようになってから、舌が贅沢《ぜいたく》になった。レトルト食品だってインスタントラーメンだって美味《おい》しいけれど、人が作ったもののほうがもっと美味しい。お母さんがいなくなってから忘れていたことを思い出してしまった。

どうせ食べるなら、より美味しいご飯が食べたいと思う。

問題は、その美味しいご飯を食べさせてくれそうな人間が仙台さんしかいないということだ。

いつの間にか仙台さんは、私という人間を構成する一部になっている。振り返れば私の中のカレンダーにはつけた覚えのない印がたくさんついているし、味覚にまで印がついている。そのほとんどは仙台さんが勝手につけたものだけれど、私はその一つ一つを思い出すことができる。

〝嫌い〟という言葉は、記憶の消しゴムになってくれそうなものだった。

私の中のカレンダーに知らぬ間につけられていた印をゴシゴシと消して、書き込まれた仙台さんについての事柄を消して、本屋で彼女に五千円を渡す前くらいにまで戻すはずだった。

でも、消しゴムを手に入れることはできなかった。

代わりに、私を抱きしめる仙台さんの体温と次の約束を手に入れることになって、今日という日を憂鬱にまみれて過ごしている。

はあ、と息を吐き出して、お金を払ってスーパーを出る。

一月の終わり、冷たい風が吹く街を歩く。

右手に持った袋が重い。

仙台さんとご飯を食べるようになってから、買い物の量が増えた。こういうとき、仙台さんが隣にいて荷物を持ってくれたらいいと思う。この中の半分近くは彼女が食べるものだし、それくらいするべきだ。けれど、実際に荷物を持ってもらおうと思ったら、買い物は一緒にするというルールを付け加える必要があって、それは面倒くさい。

これから先もこういうことが続くならルールを変えたほうがいいけれど、残り時間は少ない。ルールを変えてまで仙台さんと買い物をしたいわけでも、荷物を持ってほしいわけでもないから現状維持でいいはずだ。

そう思っているのに、右手がやけに重い。

仙台《せんだい》さんが荷物を半分持ってくれたらと考え続けている。

ありえない考えが消えないせいで、頭まで重くなってくる。

卒業したら会わない約束だし、私は舞香と同じ大学に合格するかわからない。

それでも、もしも。

舞香と同じ大学に入学することができたら。

どうせ私は嘘つきだから、過去にした約束を嘘にしたっていいはずだ。

重たい荷物をぶんっと振って、歩く速度を上げる。

違う。

嘘つきの私が嘘にしたっていいと思っているなんていうことが嘘で――。

「こんなの、わけわかんないじゃん」

自分で考えていて混乱してくる。

これは風が冷たくて、頭が上手く働いていないだけだ。

灰色の空の下、私は歩く速度をもう少し上げる。それほどスピードが変わった感じはしないけれど、風が当たる頬が凍りそうなほど冷えている気がする。麦茶のせいか袋が手に食い込む。

マンションへ急いで帰って、冷蔵庫に袋の中身を入れる。

部屋に戻ってエアコンを入れて、着替える。

そして、そのままベッドに横になる。

枕元に置いてある黒猫の下から、五日前に仙台さんが読んでいた漫画を引っ張り出す。

ぺらぺらとページをめくる。

ずっと、気持ちがふらふらしている。

明日、仙台さんと会いたくなくて、仙台さんと会いたい。

この思いが相反するものだということがわからないほど、私は馬鹿じゃない。最近は、会いたくないという気持ちと会いたいという気持ちが混ざり合っている。

会ってしまえば、次も会いたくなる。

だったら、会わなければいいと思うけれど、会わなくても会いたくなる。

こんなことを考え続けているのはつらい。

去年の今ごろに戻れたら、と考えずにはいられない。時間を巻き戻すことができたら、クラス替えの前に仙台さんとの関係を終わらせる。そうすれば私はなにも考えずに大学を選んで、ここで暮らしていけるはずだ。

やっぱり、仙台さんは私に大嫌いと言うべきだったと思う。

彼女はいつだって酷《ひど》い。

私はただページをめくっていた漫画を閉じて、黒猫の頭をぽんっと叩《たた》く。猫はにゃーともにゃんとも鳴かないし、仙台さんのように文句を言ってきたりもしない。

つまらない。

黒猫の頭をもう一度叩く。

明日が来てほしくないくせに、早く来てほしいと思う私なんて消えてしまえばいいと思った。

◇◇◇

学校から帰ってきて空いた時間を勉強で潰す。

一年前の私ならしないであろうことをしていると、チャイムが鳴る。六日後と約束した通り、勉強を始める前に『今から来て』と仙台さんにメッセージを送っておいたから彼女に違いない。

枕元に置きっぱなしになっていた黒猫を本棚に移動させる。

インターホンを確認すると、モニターに仙台さんの姿が映っていた。

思っていたよりも遅い。

今から、というのは〝すぐに〟ということで、早く来いという意味だ。

メッセージを送ってから、それなりに時間が経《た》っている。

インターホン越しに文句を言って、エントランスのロックを外す。しばらくすると、もう一度チャイムが鳴る。玄関を開けると、仙台さんが不満を口にしながら中へ入ってきた。

「一応、急いで来たんだけど」

大嫌いって言って。

私がそう言ったことを覚えていないはずがないのに、仙台さんがいつも通りの顔で私を見る。

「遅かった」

「これ以上早く来ようと思ったら、空でも飛んでこないと無理でしょ」

「飛べるなら、飛んできてよ」

仙台さんがいつも通りにしているから私もいつも通り文句を言う。

私は驚くほど自然に、大嫌いという消しゴムが手に入らなかった今日を受け入れている。

それがいいことだとは思えないけれど、消しゴムを手に入れる新しい方法が思い浮かばない。

「宮城《みやぎ》が飛んだら、私も次から飛んでくる」

仙台さんが面倒くさそうに言って靴を脱ぐ。

私は彼女に五千円札を渡そうとして、小さく息を吐く。

この五千円は、仙台さんの時間を買うためのものだ。

惜しいとは思わない。

でも、渡さなかったらどうなるのだろうと気になっている。

仙台さんのほうから「いらないって言ったら？」と尋ねられたことはある。あのときに、それがどういう意味だったのか聞いておくべきだったのかもしれない。あの日、仙台さんの言葉を受け入れて五千円を渡さずにいたらどうなっていたのか知りたいと思う。

「仙台さん」

対価が存在しない私たち。

今よりも少しだけ先を想像して、手にした五千円を渡すべきか迷う。でも、私はすぐに五千円を仙台さんの前に出した。

「これ」

いつものようにお札の端っこが引っ張られて、反射的に指に力が入る。けれど、私はなにか言われる前に慌てて指を離した。

五千円がなくてもこの家に――。

消しゴムがなくても消してしまったほうがいい言葉だ。

「ありがと」

仙台さんが五千円をしまう。

五千円を渡さない私に価値があるとは思えない。対価を払わなければ、仙台さんの時間は買えないし、彼女は命令をきかない。命令をきかないということは、この家に来る必要もなくなるということだ。

「飲み物持ってくる」

仙台さんに背を向ける。

「じゃあ、待ってる」

私はキッチンへ行き、グラスを二つ用意する。冷蔵庫を開けると、残り少なくなったペットボトル二本と昨日買ってきた新しい麦茶がある。サイダーと新しい麦茶を取り出して、グラスに注ぐ。それをトレイにのせて部屋に戻ると、仙台さんがいつもの場所に座っていた。

「今日、夕飯作って」

テーブルの上にグラスを置きながらそう言って、仙台さんの隣に座る。

「それが今日の命令？」

五千円の対価にほしいもの。

破られない約束。

そういうものを買えたら仙台さんのことを信じられる。違う大学に行っても、彼女が言うように時々一緒にご飯を食べたり、一緒にどこかへ行ったりしてもいいと思える。でも、そんなことは言えないし、五千円で一生を縛るような命令なんてできるわけがない。そして、仙台さんを遠ざけようとした私が口にできる命令でもない。

「そう。なんでもいいから作って」

私は五千円に見合う命令をして、仙台さんを見る。

「なんでもって、冷蔵庫からっぽだったりしない？」

「しない」

「先に冷蔵庫の中、見てもいい？」

「いいけど、一緒に行く」

そう返すと、テーブルに参考書を広げたまま仙台さんが立ち上がる。私も一緒にキッチンへ向かう。

リビングとキッチンの電気をつけると、仙台さんが冷蔵庫を開けた。中をじっと見てから、冷凍庫と野菜室も確かめて振り返る。

「じゃがいもと人参《にんじん》、好きなの？」

「普通だけど。なんでそう思うの？」

「いつもあるし、好きなのかと思った」

「いつもあるわけじゃない。なに買えばいいかわからないから買ってきただけ」

「食べたいものにあわせて買ってきなよ」

「なに食べたいかわかんない」

適当に食べる。

そういう食事を続けてきたから、なにかを作ってほしいと思うことがあってもなにを作ってほしいのかわからない。自分がなにを食べたいのかもわからない。

　そして、料理に興味を持つこともなかったから、なにを買えばなにを作ることができるのか知らないまま高校生になった。

「じゃあ、一緒に買い物に行けばいいんじゃないの？　材料から料理を決めるより、料理を決めてから材料を買いに行ったほうが作りやすいし」

いいことを思いついたというほどではないけれど、明るい声で仙台さんが言う。

二人で買い物に行って、重たい荷物を半分こにして帰ってくる。

それは昨日考えたことで、仙台さんから同じようなことを言われるとは思っていなかった。彼女の声を聞いていると、卒業式が終わってもこうして二人でキッチンに立つことがありそうな気がしてくる。けれど、それはあり得ない未来だ。

「そんなに言うなら、仙台《せんだい》さんが買ってきてよ。お金なら渡すし」

「一緒に行くっていう選択肢はないわけ？」

「ない」

仙台さんと一緒にいると、一人に戻ることが怖いことに思えてくる。厳密に言えば、仙台さんがいなくなっても一人じゃない。友だちがいるし、大学に行ったらそこでも友だちができるはずだ。そのはずなのに、彼女がいなくなったら一人きりになってしまうような気がしている。

私は仙台さんに向かって酷く傾いている。それは彼女を支えにして立っていると錯覚するほどで、彼女がいなくなったら一人では立っていられないのではないかと思う。

そんなことでは困るから、一人でできることは一人でやらなければいけない。

「それなら、今まで通り宮城が買ってきて」

仙台さんがわざとらしくため息をついてから、リビングへ向かう。そして、ご飯を食べるわけでもないのにカウンターテーブルの前に置いてある椅子へ座った。

「大体さ、私にお金払ってご飯作らせるより、家事代行サービスみたいなものを使ったほうが美味《おい》しいご飯が出てくるんじゃないの？」

のんびりと話し始めた仙台さんは部屋に戻るつもりがなさそうで、私は仕方なく彼女の隣に立つ。

「他人が家にいるのやだし」

お母さんがいなくなってからしばらくの間、食事の用意や掃除をしてくれる人が家に出入りしていた時期があった。それが家事代行サービスだったのかはわからないが、他人が家にいると落ち着くことができなかったことをよく覚えている。

「私も他人だけど」

「仙台さんは――」

特別、と言いかけてやめる。

これは適当ではない言葉だ。

「私は？」

仙台さんがにこりと笑う。

「他人だけど、同じクラスの人だったからいいの」

「それ、私じゃなくてもいいってこと？」

「どうでもいいじゃん、そんなこと。それより、なに作るか決まった？」

なにか言いたそうな仙台さんの視線から逃げるように話を変える。

「決まってない」

「早く決めて」

今日の献立なんてどうでもいい。

どうせ時間をかけるなら、勉強にかけたほうがいい。でも、仙台さんは勉強よりも夕飯のメニューのほうが気になっているらしく、隣で真剣な顔をして考え込んでいる。

「早くって言われても、カレーもシチューも何度も作ってるし。んー、肉じゃがとか？

あ、でも玉ねぎないか」

仙台さんがぶつぶつと独り言のように口にした言葉の中に、食べたいものが見つかる。

「肉じゃが作れるんだ？」

「食べたいの？」

「作れるなら」

「作り方わかんないし、調べる。玉ねぎないから、美味しくないかもしれないけどね」

「玉ねぎなくても美味しく作ってよ」

材料が足りないことは気にならない。

でも、足りなくてもそれなりに美味しいほうがいい。

「善処はするけど、保証はしない」

仙台さんが立ち上がって、キッチンへ戻る。そして、冷蔵庫の中身と調味料を確認すると、部屋へ戻ると言った。

肉じゃがは美味しかった。

自分では作ることができない料理だから、記憶に残るものになってしまったことは残念だけれど、美味しいことは悪いことじゃない。

仙台さんは食事をして勉強をしたあと、家へ帰った。

あれから冷蔵庫では使われなかった野菜たちが眠っている。

仙台さんはまた私の部屋へやってきて、隣でペンを走らせている。

一月の終わりに肉じゃがを食べて、もう二月。

あと一ヶ月もすれば嫌でも卒業式がやってくる。

仙台さんとこの部屋で過ごす。

そういう時間がどれくらい残されているのか考えると、憂鬱になる。

「宮城《みやぎ》、そろそろ休まない？」

仙台さんが私をつついてくる。

「いいけど」

彼女がこの部屋に来てから二時間以上経《た》っている。

勉強をしなければと焦《あせ》る気持ちはある。けれど、焦ったところで急にできなかったことができるようになるわけではないし、集中力が続くわけでもない。

私は握っていたペンを離して、隣を見る。

彼女とは久しぶりに会ったわけではないけれど、久しぶりに会ったような気がする。

たぶん、二月に入ってから学校へ行っていないからだ。

舞香《まいか》も亜美《あみ》も自由登校中は学校へ行かないと言っていたし、私も行かなくてもいい学校へ行こうとは思わなかった。自由登校はまだ始まったばかりだが、学校へ行かなければ仙台さんとすれ違うことすらない。こうして呼び出さなければ顔を見ることもないから、しばらく会っていないような気持ちになっているに違いない。

「宮城って、自由登校になってからなにしてるの？」

仙台さんが思い出したように言う。

「勉強」

好きではないけれど、していなければ落ち着かない。だから、仕方なく勉強をしている。

「だよね。学校は？」

「行ってない。舞香も亜美も行ってないから、つまんないし。仙台さんだって行ってないんでしょ」

彼女は今日、制服ではなく私服でこの部屋にいる。それは学校ではなく家からやってきたということで、学校へ行っても仙台さんと会うことはないということだ。

「まあね」

仙台さんがやる気がなさそうに答える。

テーブルに広げられた彼女のノートを見ると、整った文字が並んでいる。罫線《けいせん》からはみ出ている字もあるけれど、綺麗《きれい》な字だと思う。

外見と同じだ。

彼女の外見は整っているし、学校の規則からはみ出ている部分があっても先生に怒られることがないように綺麗にまとめられている。

隣にいると、仙台さんのようになれたらと思わずにいられない。

字が綺麗に書けて、勉強ができて、見た目も良くて。

そんな自分になれたら、もう少し自信が持てるような気がする。

私は仙台さんに聞こえないように静かに息を吐いて、ベッドへ近寄り、背もたれにする。

ノートの文字が視界から消えて、ぎゅっと目を閉じる。小さく伸びをして目を開けると、仙台さんの長い髪が見えた。今日の彼女は制服を着ていないけれど、冬休みとは違いタートルネックではなくブラウスを着ている。でも、長い髪が邪魔で首がよく見えない。編んでいない髪は綺麗だけれど、ネックレスをしているかどうかはわからない。

私は手を伸ばして、髪を軽く引っ張る。

「なに？」

仙台さんが私を見る。

今日は命令の対価として五千円を払っているから、ネックレスをしているかどうか確かめることができる。

もう一度、仙台さんの髪に指を絡《から》めて離す。

しているはずだと思う。

今までしていないことはなかった。

「なんでもない」

短く答えて寄りかかっていたベッドから背中を離すと、仙台さんがブラウスのボタンを一つ外す。理由を尋ねる前に、ネックレスが引っ張り出される。

「はい」

当たり前のように言って、仙台さんが私を見る。

「見せて、なんて言ってないんだけど」

「言いそうだったから」

「言うつもりもなかったし、言おうとも思ってなかった」

「そっか」

仙台さんがつまらなそうに言って、ネックレスをしまう。でも、ブラウスのボタンは外したまま、私のパーカーのフードを引っ張った。

「受かったら教えてって約束、覚えてる？」

「覚えてる」

忘れるわけがない。

きっと、仙台さんとこんな約束をしたから不安になっている。

上手《うま》くいかなかったら。

仙台さんに受からなかったと言うことになる。

受かったら教えるという約束だから受からなかったら言わなくてもいいのだろうけれど、言わなかった時点で受からなかったとわかってしまうから言わないという選択肢はない。

ただ、どうせ仙台さんに言わなければならないのなら、受かったと言いたい。

「試験、大丈夫そう？」

仙台《せんだい》さんが声色を変えずに聞いてくる。

「大丈夫」

「ならいい」

ならいい、じゃないと思う。

なにがいいのかまったくわからない。

大丈夫なんて嘘《うそ》だし、私は相変わらず自信を持てずにいる。

そういうことに仙台さんは気づいてくれない。

口に出さなかった気持ちに気づけなんて、無理だとは思っている。それでも、仙台さんは私の気持ちに気がつくべきだと思う。

「仙台さん、おまじないしてよ」

「それが今日の命令？」

「そう」

「おまじないって、この前したヤツ？」

「効果あるんでしょ」

仙台さんがこの前した〝おまじない〟が、おまじないではないことくらいわかっている。私を困らせたくてした悪戯《いたずら》のようなものだから、効果がないこともわかっている。それでもなんでもできる仙台さんが私に触れることで、私もその半分くらいの力をもらえるような気がする。

「手、貸して」

仙台さんが私に近づく。

素直に手を出すと、柔らかく摑《つか》まれる。そして、この前と同じように唇が指先に触れた。

こういうことが様になるのはずるいと思う。

なんだかもやもやとした気持ちになって仙台さんの前髪を軽く引っ張ると、この前とは触れる順番が違って唇が中指の第二関節の上に触れた。

こんなことが自信に繫《つな》がるわけではないけれど、なにもしないよりはマシだ。仙台さんのようにはなれなくても、勉強をしなければという気の焦りはなくなる。

唇が指の根元に触れる。

そして、手の甲を生温かいものが這《は》う。

犬や猫なら、手を舐《な》めてきたら可愛《かわい》いと感じる。でも、仙台さんだと可愛いとは思えない。もっと別の気持ちが心の中にある。それはたぶん、動物に接するときのような純粋な気持ちで彼女のことを見ていないからだ。

誰にもこういうことをしないでほしいと強く思う。

こんな風に仙台さんの体温を感じることができるのは、私だけでいい。

手の甲を舐めていた舌が離れて、手のひらにキスをされる。でも、それは一回だけで仙台さんがすぐに顔を上げた。

「終わり？」

尋ねると、手をぎゅっと握られる。

私からは握り返したりはしない。けれど、振りほどくこともせずにいると、仙台さんが「まだ」と言った。

断りもなく、パーカーの袖が肘の辺りまでまくられる。じっと彼女を見ていると腕の内側に唇が押しつけられ、そのままそこを強く吸われる。

針が刺さったみたいに痛い。

唇がくっついているところから針がいくつも体の中に流れ込んできているようで、たいしたことのないはずの痛みが酷《ひど》い痛みに感じる。針は血液と一緒に体の中を巡って、心臓に集まり、ちくちくと刺し続けている。

唇が離れて、位置をずらしてまた押しつけられる。

やっぱり、必要以上に痛みを感じる。

仙台さんが跡を二つ残して、顔を上げる。

「これもおまじない？」

おまじないではないとわかっているけれど、尋ねるとすぐに「おまじない」と返ってきた。

跡がついている部分が熱い。

二つある跡の片方に仙台さんがキスをして、袖を下ろす。

「このおまじない、本当に効果あるの？」

「あるよ。私を信じなよ」

「仙台さんだから信じられない」

すぐに消えてしまう跡がおまじないになるとは思えない。合格発表の日まで跡が残っていれば信じることもできそうだけれど、そんなに長く残っているわけがない。

「大丈夫だって。たまには信じなよ」

仙台さんが無責任に言う。

「受からなかったら、責任取ってくれるの？」

「いいよ」

「どうやって？」

「宮城《みやぎ》が決めて」

仙台さんは、いつも自分では決めない。

私に丸投げしてくる。

でも、今のはただの冗談で本気ではないだろうから、真剣に責任を取ってもらう方法を考えるのは馬鹿らしい。真面目に付き合っても仕方がないから、私は休憩を終わらせることにしてペンを握る。けれど、握ったペンは仙台さんに奪われた。

「なに？　おまじないは終わりでしょ」

「終わりじゃない。まだある」

そう言うと、仙台さんが私の唇に指先を這わせてくる。

「今しようとしてること、おまじないじゃないよね。絶対」

仙台さんの手首を摑んで、手を遠ざける。

「おまじないだって」

「仙台さんがキスしたいだけじゃん」

「……」

仙台さんは私の言葉を否定も肯定もしない。黙ったまま手を伸ばして唇に触れようとしてくるから、彼女の体を押す。

「宮城」

私の名前を呼ぶと、おまじないの続きをしていいとは言っていないのに仙台さんが顔を近づけてくる。だから、私の方からも顔を近づけて彼女の額に額をぶつけた。

ごつん、と鈍い音が頭の中で響く。

「いったっ」

仙台さんが大きな声を出して、おでこを押さえる。

もちろん、私もおでこを押さえることになっている。

「宮城、馬鹿じゃないの。痛いじゃん」

「仙台さんが悪いし、私も痛かった」

強くぶつけたつもりはなかった。

でも、思ったよりも額が痛い。

「今の衝撃で覚えたこと全部忘れても知らないから」

「忘れてもこれから勉強するからいい。あと私、受験終わるまで仙台さんに会わないから」

「え、なに？　嫌がらせ？」

「違う」

呼び出さないことが嫌がらせになるとは思わないが、試験が全部終わるまで仙台さんに会わないということは今決めたことじゃない。昨日から考えていたことだ。

「試験全部終わるまでって、結構あるよね？」

「あるけど、勉強するから」

「一緒にしないの？」

少し低い声で仙台さんが聞いてくる。

「一人でする。仙台さんだって試験あるでしょ」

仙台さんと一緒だと勉強ができないわけじゃない。聞けばなんでも教えてくれるし、一人でいるよりも楽しい。でも、今は一人でできるだけのことをしたいと思う。

「……わかった。お互いちゃんとしないといけないしね」

仙台さんが面白くなさそうな顔をして、テーブルの上に広げていた私の参考書を閉じる。ノートも閉じて、ペンも消しゴムもペンケースにしまってしまう。

「仙台さん、今から続きするんだけど」

閉じられた参考書とノートを開く。けれど、仙台さんが私の参考書とノートをまた閉じる。

「あのさ、宮城」

返事はしない。

人の邪魔をしてくるような仙台さんには返事をしたくない。

「おまじないじゃなくて、キスしてって命令しなよ」

仙台さんが私の手を握ってくる。

「しない」

「しばらく会わないんでしょ」

「だからなに？」

「宮城はしたくないの？」

「しなくても平気」

「そっか」

つまらなそうに言って、仙台さんが私の手を離してベッドに寄りかかる。そして、それ以上はなにも言ってこない。いつもなら私が命令せざるを得ない状況に追い込んでくるくせに、今日はやけにあっさりと引き下がるから気持ちが悪い。だから、私からこんなことを言うことになる。

「――そんなにしたいなら、すれば」

「それは命令？」

「仙台さん、命令してほしいんでしょ」

答えは返ってこない。

代わりに、仙台《せんだい》さんが背もたれにしていたベッドから離れて私に顔を寄せてくる。

唇より先に頬に手が触れて、柔らかく撫《な》でられる。

仙台さんと目が合う。

じっと見返しても目を閉じてくれなくて、私のほうから目を閉じると唇が触れた。

久しぶりにキスをしたような気がする。

頬に触れた手よりも柔らかな唇が気持ちいい。

すぐに仙台さんが離れてもう一度キスをしてこようとするから、私は彼女の肩を押した。

「宮城」

「これで終わり」

短く告げて、自分の腕をぎゅっと摑む。

そして、仙台さんが閉じてしまった参考書とノートを開いた。

第8話　私と宮城に残された時間

受験が終わるまで会わない。

妥当で真っ当な提案をした宮城は今、すべてを終えてゴロゴロしている。私も彼女も必要な試験は全部受けた。結果はまだわからないがやるべきことはやったのだから、解放的な気分になってもいいはずだ。でも、会ってすぐに試験の出来を聞いてしまったせいで、宮城の機嫌が悪い。

彼女が聞かれたくないと思っていることは、会ってすぐにわかった。だが、聞かずにはいられなかった。

やっぱり、持ってくるんじゃなかった。

私は定位置から、チョコレートが入っている鞄《かばん》を見る。

宮城に呼び出されて直前まで持ってこようか迷ったそれは、完全に渡すタイミングを失って鞄の中から出せずにいる。

ベッドの上で寝転がっている宮城は、チョコレートを渡したくなるような機嫌ではない。

しかもバレンタインデーはもう少し先だから、余計にチョコレートを渡しにくい。その上、試験が上手く行ったのかどうかもわからないままだ。気まぐれな宮城が次に私をいつ呼ぶのかわからないから、会えるときに渡してしまおうと思って持って来たけれど、失敗だったかもしれない。

なにも考えずにチョコレートを渡せた去年が懐《なつ》かしく思えるほど、今年は去年と違う。自由登校になって学校へ行っていないことが、チョコレートに不必要な重みを加えている。去年は、羽美奈《うみな》たちに渡すチョコレートを作るついでに宮城の分も作った。でも、今年は宮城のために作ったようになってしまっている。

季節の行事は参加する。

そういうモットーがあるわけではないが、友だちといれば参加することになる。だから、バレンタインデーにはチョコレートを交換する。

今日もそうだ。

去年、宮城は友だちとチョコレートを交換したりしないと言っていたが、私は渡す。

――バレンタインデーには早くてもそうするつもりだったが、友だちに渡す〝ついで〟という口実がないと渡しにくい。そもそも宮城は友だちではないから、チョコレートは出番がないまま終わりそうだ。

私は立ち上がって、本棚の前へ行く。

漫画の前に置かれた黒猫を撫でてから新しい本が増えていないか確認していると、後ろから声が聞こえてくる。

「仙台さん、これ」

振り返って宮城《みやぎ》を見ると彼女はいつの間にかベッドから下りていて、リボンがついた箱を持って立っていた。持っている箱はそれほど大きくない。

「それって」

漫画を持たずにテーブルの前に戻ると、宮城が赤い箱を押しつけるようにして渡してくる。

「買い物に行ったら目についたから」

私は手元にやってきた箱を見ながら座る。

それはどこからどう見てもバレンタイン用のラッピングが施されていて、ブランド名まで書いてある。中身はどう考えてもチョコレートだ。でも、宮城が私にチョコレートを渡してくるなんてあり得ない。

「……煮干しの日じゃなかったの？」

宮城は去年、バレンタインデーのことをそう言った。

よく覚えている。

それを考えると、箱の中身が煮干しでもおかしくはない。

私は隣に座った宮城を見る。

彼女は、いつものように少し不機嫌な顔をしている。

「去年、モテない男子みたいなこと言うなって仙台さんが言ったんじゃん。いらないなら、それ返して」

宮城の言葉から、箱の中身はチョコレートだと確信する。

「もらう。ありがとう。あと、私もあるから」

慌てて鞄を開けて、中からチョコレートが入った箱を引っ張り出す。

渡すタイミングは今しかない。

「はい、少し早いけど宮城の分。手作りだから」

薄いピンク色のラッピングペーパーで包んだ箱を渡す。スマートとはほど遠い渡し方だが、格好をつける余裕はない。

「学校行ってないのに、わざわざ茨木《いばらき》さんたちにも作って渡したんだ?」

ほかの人の分もあるような言い方をしたせいか、宮城が現実になかった事実を作り出して私を見た。

「ん、まあね。それ、開けていいよ。私も開けていい?」

思わず、つかなくていい嘘《うそ》をつく。

なんとなく、ついでではなく宮城にだけ作ったとは言いにくい。

「好きにすれば」

素っ気なく宮城が言って、私が渡した箱のラッピングペーパーを剝がし始める。私も破かないようにラッピングペーパーを剝がす。そして、箱を開けると中にはチョコレートが六つ収められていた。

去年、私が渡したチョコレートと同じ数。

宮城がそれを覚えていて数を揃《そろ》えたとは思わない。偶然そうなっただけだろうけれど、ホワイトデーにお返しをしてきたりしない宮城から、去年渡したチョコレートと同じ数のチョコレートが返ってくるというのは嬉《うれ》しいことではある。

できればもう少し機嫌良く渡してもらいたかったが、そんなことがあったら明日、世界が滅亡するに違いない。

「そうだ。去年みたいに食べさせてあげようか?」

宮城に渡したチョコレートを指さす。

彼女が持っているチョコレートは去年と同じトリュフで、数も同じだ。違うものを作ることも考えたが、凝ったものを作って渡すのも仰々しい感じがしてやめた。

「いい、自分で食べる」

宮城が粉砂糖をまぶした白いチョコレートをつまむ。そして、食べやすいように小さめに作ってあるそれを一口で食べた。

彼女の表情は変わらない。

感想も言わないから、美味《おい》しいのかどうかわからない。

宮城の指先がもう一個取ろうか迷うように動いてから、ワニの背中からティッシュを一枚引き抜く。

「美味しい？」

指先を拭いている宮城に尋ねると、「うん」と小さな声が返ってくる。

「……ありがと」

去年もお礼は言われたけれど、ほっとする。美味しくないと言われるよりは美味しいと言われたいし、お礼だって言われたら嬉しい。正確には「美味しい」ではなく「うん」だけれど、宮城から直接的な言葉をもらえるとは思っていない。

「仙台さんは食べないの？」

「食べる」

「じゃあ、それ貸して」

宮城が私の前にあるチョコレートを指さす。

「命令？」

「命令」

「返せってことじゃないよね？」

さすがに違うとは思うが、一応尋ねる。

「そんなこと言ってない」

否定してくれたことに安堵《あんど》して、大人しく箱ごとチョコレートを渡す。

「口開けて」

宮城が四角いチョコレートを一つつまんで言う。

「……なにかあるわけ？」

私は思わず体を引く。

たぶん、宮城はチョコレートを食べさせてくれようとしている。

でも、それ自体がおかしい。

普通に食べさせてくれるわけがない。

宮城が私になにかを食べさせる。

そういうことは過去にもあったが、ろくでもないことになった記憶しかない。私のためにチョコレートを用意してくれていたこと自体があり得ないことなのに、そのチョコレートを普通に食べさせてくれるなんてあるわけがないと思う。

命令してまで食べさせようとしているのだから、なにかあるに決まっている。変なことをしない宮城なんて宮城ではない。

「別に自分で食べるならいい」

乱暴に言って、宮城がつまんだチョコレートを箱に戻そうとする。私は慌ててその手を摑《つか》んだ。

「ごめん。食べさせてよ」

食べさせるという行為にどんなオプションがついてくるのかは気になるが、命令によって起こることがどんなに不愉快なものでも最終的に受け入れることになるのだから気にしても仕方がない。

「じゃあ、口」

開けて、は省かれてしまったが、素直に口を開くと四角いチョコレートが近づいてくる。すぐに口の中にチョコレートが指ごと押し込まれる。舌に宮城の指が当たる。体温でチョコレートが溶けたのか、指先が甘い。チョコレートと一緒に指を噛《か》むと、宮城が手を引いた。

口の中にはチョコレートだけが残る。

それは甘すぎず、苦くもなかった。

私は宮城を見る。

なにかおかしなことをしそうな気配も、チョコレートをもう一つつまむ様子もない。命令は命令通りのもので、オプションはないらしい。

「美味しい？」

宮城がさっき私が言った言葉と同じ言葉を口にして、ティッシュで指を拭く。

「味見する？」

チョコレートは美味しかった。

でも、言葉で説明したいとは思わない。

「仙台《せんだい》さんにあげたものだし、いらない」

「気にしなくていいから」

宮城の腕を摑む。

軽く引っ張ると、宮城の眉間に皺《しわ》が寄る。でも、なにも言わない。だから、私はそのまま宮城を引き寄せて唇を重ねた。

最後にキスをしたのは、二回目のおまじないをした日だ。

あれから、ずっと会っていない。

すんなりとキスをさせてくれたのは、時間が空いたからかもしれない。

私は、ぴたりと閉じられた唇を舌でこじ開ける。

宮城が私の腕を掴む。けれど、抵抗はしなかった。積極的とは言えないが、彼女の口内に入ることが許される。いつもならこんなのは味見じゃないと怒るはずだけれど、今日の宮城は随分と優しい。少し不安になるくらいで、でも、唇を離したいとも思えず宮城の舌に触れる。

舌先をつついても反応はしない。押しつけるようにして絡《から》めると、私の腕を掴んでいる手に力が入った。ぬるりとした舌から宮城の体温が伝わってくる。

手よりも熱くて、鼓動が速くなる。

宮城とするキスはいつも甘い。

宮城からもらったチョコレートのせいなのか、私があげたチョコレートのせいなのかわからないが、甘い。もしかしたらチョコレートは関係ないのかもしれないけれど、ひたすら甘くて、宮城にもっと深く触れたくなる。

噛みつくようにキスをする。

熱くて、甘くて、苦しい。

息が上手《うま》くできなくて唇を離す。

どちらかと言えば私が宮城《みやぎ》を味見したみたいで、さすがに怒られそうな気がする。

「味なんてよくわかんないじゃん」

宮城が私の肩を押して、距離を取る。

「じゃあ、わかるまですればいい」

「自分で食べたほうが早い」

怒ってはいないようだけれど低い声で言って、私のものになったはずの箱に手を伸ばす。

私はチョコレートがつまれる前に宮城の手首を掴んで、引っ張る。

「仙台さんっ」

不機嫌そうな声だけれど、やめて、とは言わなかった。だから、遠慮無くもう一度キスをする。今度は唇が薄く開いていて、すんなりと舌を入れることができた。

やっぱり甘い。

なんの甘さかわからないけれど、宮城はただただ甘くて、もっとほしくて彼女の中へ深く舌を差し入れる。

宮城の手が私の肩を掴む。

指先が食い込んで痛い。

いつもなら私を押し離そうとする宮城がそうしないことが気になって、体を離す。

「今日は怒らないんだ？」

問いかけると、宮城がまた眉間に皺を寄せた。

「怒られるってわかってるなら、しないでよ」

不満をぶつけられる。

でも、宮城が怒ることはなかった。

◇◇◇

明日、世界が滅亡する。

そんなニュースが流れたら、ほんの少しも疑わずに信じる。

それくらい宮城の様子がおかしい。

チョコレートを交換した後に何回か呼び出されたけれど、怒ることもなければ変な命令もしてこなかった。上機嫌というほどでもなかったが、よく喋《しゃべ》っていたし、キスをすることも許してくれた。

こんな宮城がいていいわけがない。

宮城の部屋に比べると居心地の悪い自室で、天井を見上げる。

でも、よく考えれば、怒らないことも喋ることも人として普通のことだ。顔見知り程度の仲であっても人とは穏やかな態度で接するものだから、今の宮城は人としてまともなのだと思う。おそらく私が最近見ている宮城は、宇都宮《うつのみや》たちといるときの宮城だ。

そういう宮城を見て不安になっている私のほうが、おかしいのかもしれない。

私はベッドに寄りかかって、チェストの上の貯金箱を見る。

あの中に詰まっている五千円札。

何枚入っているのかわからないが、あれがなければ、と一瞬思う。五千円のやり取りがなければ、宮城と親しくなることもこんな風に彼女のことを考えることもなかった。自分のことだけを考えて卒業を待つことができたはずだ。

面倒くさい。

私も、宮城も、なにもかも。

宮城とたくさん話せて楽しかっただとか、変な命令をされなくて良かっただとか。

穿《うが》った見方をせずに素直に喜べたら良かった。今は宮城が優しければ優しいほど、その先の結末が良くないものになるように思える。

振り返れば、いつもと違う宮城にはいい思い出がない。

だから、宮城の行動を疑いたくなるし、行動のすべてに裏があるような気がする。

私が宇都宮だったら、今の宮城を疑うことなく受け入れることができたはずだ。不機嫌になることなくたくさん喋る宮城を見て、卒業式を区切りにした約束をなかったことにしてくれそうだと喜べたと思う。

でも、私には無理だ。

宮城に嫌われているとは思わない。

嫌っているなら、キスをさせたり、体に触らせたりしない。けれど、宮城は私のことを受け入れているようで、受け入れていないように思える。どういう意図があるのかわからないが優しい振りをしている宮城は、私が約束の撤回を強く望むほど違う答えを出してきそうな気がする。

大体、受験の結果が発表されたのに宮城は連絡すらしてこない。

私が合格したことは宮城に伝えてある。

彼女から、おめでとうという言葉ももらった。

けれど、宮城は結果を教えると約束したにもかかわらず、連絡してこない。宮城が合格したかどうかを知る手段がないわけではないが、大人しく待っているのだから早く結果を教えるべきだ。

受かった。

落ちた。

これくらいの短いメッセージでいいから、送ってくるべきだと思う。

「さっさと連絡してこいっていうの」

ばーか、と心の中でつけたして立ち上がる。

ベッドに飛び込んで、目を閉じる。

まだ九時を回ったところだから、寝るには早い。

お風呂《ふろ》も入っていない。

はあ、と息を吐き出すと、耳もとでスマホが鳴って画面を確認する。

「……宮城」

盗聴でもしているのかと思うほどタイミング良く電話がかかってきて、思わず体を起こす。

「大学、駄目だったとかじゃないよね」

すう、と息を吸って、ふう、と吐く。

真っ先に良くない結果を考えてしまったことに罪悪感を覚えるが、試験の出来をはっきりと教えてもらっていないのだから仕方がない。

「もしもし」

明るくも暗くもない声でスマホの向こうに呼びかけると、何回鳴ったかわからない呼び出し音の代わりに宮城の声が聞こえてくる。

「受かった」

「え？」

「舞香《まいか》と同じ大学受かった。報告終わり」

「え、あ、受かったんだ。じゃあ」

散々待たせたわりに報告はあっさりしていて、言いたかったことがすんなりと出てこない。

宇都宮と同じ大学に行くのか、それとも行かないのか。

教えてもらう約束はしていないけれど、知りたい。でも、どちらを選ぶのか聞くための言葉を口にする前に宮城が喋りだす。

「あと、観《み》たい映画あるんだけど」

「映画？」

あまりにも唐突に大学とは関係のない言葉が放り込まれて、口にすべき言葉が違うものにすり替わる。おめでとう、と言うことすら忘れていたと気がついたときには、宮城の「そう」という声が聞こえてきていた。

考えてもいなかった速度で方向転換をした話題に気持ちが追いつかない。宮城は黙っているし、大学に受かったわりに楽しそうな雰囲気でもない。おかげで私は、言い忘れたおめでとうを告げることもできずにいる。

宮城という人間はいつもこうだ。

人のことを考えずに言いたいことを言って黙り込む。

私はといえば、彼女の感情に振り回され、それでも彼女のことを気にかけずにはいられない。損な役回りだと思うけれど、その役割を放り出すこともできない。今も宮城にどう声をかければいいか考えている。

「それだけ」

ぽつりと宮城が言う。

でも、それだけではないことはわかっている。おそらく、続きは私が口にしなければいけない。

「もしかして、私のこと映画に誘ってる?」

「誘われたくないなら、いい」

宮城
メッセージ

「それって、いつ行くの？」

宮城が気乗りしないといった声で、あらかじめ決めていたであろう日付を口にする。

タイミングが悪いな、と思う。

「行きたいんだけど、その日は用事ある。その少し前か後にできない？」

宮城がスマホの向こうでうーんと唸《うな》る。

大学の報告がいつの間にか映画に行く話になっているが、話を元に戻そうとすれば映画の話がなかったことになることは目に見えている。そうなると、優先順位は映画のほうが上になる。

大学のことは顔を見ながら話したほうがいい。

今慌てて聞いて、良くない言葉を聞くことになっても困る。

「じゃあ、前がいい。明日は？」

いいよ、と返事をすると、宮城が待ち合わせの時間と場所を指定してくる。それは夏休みに映画を一緒に観たときに待ち合わせた時間と場所で、胸がざわざわする。

宮城から映画を観ようと言ってくることも、わざわざ夏休みと同じ時間と場所を指定してしてくることも違和感しかない。なんだか落ち着かなくて理由を尋ねようとすると、宮城が「仙台《せんだい》さん」と言った。

「なに？」

「大学決まったし、部屋見に行く」

「用事って？」

向こうで一人暮らしをする。

希望する大学に受かったらそうすることが決まっていたから、部屋を探しに行くことになっている。春休み中に行くという選択肢もあるけれど、部屋を探すなら早いほうがいいと予備校で聞いた。

「宮城《みやぎ》はどうするの？」

「どうするのって？」

「向こうの大学行くなら、部屋探さないといけないんじゃないの？」

ついでのように大学のことを口にする。

これくらいなら聞いても良さそうな気がする。

「ここに残るかもしれないし」

「じゃあ、行くとしたら」

「……寮に入る」

「他人と生活するの無理なんじゃないの？」

「お父さん忙しいから、一緒に部屋を見に行く時間ないし。寮が無理だったらそのとき考える」

まるで決まっていることのように宮城が話す。淀《よど》みなく答える声から、気持ちがほぼ固まっていることがわかる。きっと宮城は宇都宮と同じ大学へ行くのだろうし、本当に寮に入るのだろうと思う。でも、変に追及すると、絶対に行かないと言い出すに決まっている。

「ほんと、適当だよね。いいけどさ。で、映画、なに観るの？」

「仙台さんはなに観たい？」

「観たい映画があるって言ったの、宮城じゃん」

さすがにこれは追及したい。

宮城の言葉はさっき言っていたことと合っていない。

「一応、聞いただけ。明日、忘れないでよ。おやすみ」

素っ気ない声が聞こえた後、私の返事を待たずに電話が切れる。

言いたいことだけ言って、切るとか。

やっぱり宮城は宮城じゃん。

様子が最近おかしいことは確かだし、今日だっておかしい。

でも、自分勝手なところはいつもの宮城のままだ。

違和感だらけの宮城からする嫌な予感と、寮に入ると言った宮城の声から感じる良い予感が入り交じる。

枕元にスマホを置く。

目を閉じて、明日のことを考える。

映画を観た後。

大学はどうするのか。

そして、卒業式の後に私たちがどうなるのかについて宮城に聞く。

私が望んでいる答えを口にしてくれるかはわからないし、自信もないが、聞かないわけにはいかない。

目を開けて、大きく息を吐く。

明日着ていく服が決まっていない。

頭の中で持っている服を組み合わせてみる。

夏休みに宮城と映画を観に行ったときは、着る服に迷った。

今回もなかなか決まらなそうだと思う。

宮城は迷っているのだろうか。

私はもう一度大きく息を吐いた。

◇◇◇

エンドロールまで約二時間。

最後まで観てから、宮城と席を立つ。

私はスカートを直してから、歩きだす。

これが羽美奈《うみな》や麻理子《まりこ》だったら、エンドロールはおまけだとばかりに本編が終わったらすぐに席を立っている。彼女たちと映画に行ったら私もそれに合わせることになるから、一緒に映画を観たいとはあまり思わない。

けれど、宮城は場内が明るくなるまで座っていてくれる。夏休みに映画を観に行ったときも、最後まで座っていた。性格も趣味もまったく違うが、こういうところは合う。

羽美奈や麻理子とは合わない部分があっても、宮城よりは一致する部分が多い。私と宮城は似ている部分を探すことが難しいくらいなのに、宮城といるほうが楽しいと感じるのだから不思議だ。

「面白かった?」

映画館を出たところで問いかけられる。

「宮城は？」

「面白かった」

「私も。それほどアクション映画って観ないけど、こういうのもいいね」

観たい映画があると言いだしたのは宮城だが、結局、今日になっても彼女はそれがどの映画なのか言わなかった。だから、話題になっているアクション映画をなんとなく観ることになった。ホラー映画を観るという選択肢もあったけれど、宮城が苦手だからと候補から省いた私を褒めてほしいと思う。

「なにか食べていく？」

歩調を宮城に合わせて、隣に声をかける。

今日の目的は映画で、ほかは決めていない。

でも、私は宮城に話がある。食べたいものがあるわけではないが、どこか座って話せる場所に入りたい。話があると言ったら逃げられそうな気もするけれど、話をすると決めている。

「帰る」

「え？　もう？」

私は宮城を見る。

今日の彼女は、映画を観《み》てそのまま帰るような格好には見えない。

わかりやすく言えば、珍しくおしゃれをしている。メイクはしていないが、可愛《かわい》い柄のスカートを穿《は》いて見たことのないコートを着ている。

夏に映画を観たときのカジュアルな格好とは違う。

だから、映画を観た後にどこかに寄るくらいのことはしてくれるのだと思っていた。話が違うと思うのは私の勝手な気持ちだけれど、このまま帰ってもらっては困る。

「ほかに行きたいところないし。仙台さんはまだ時間ある？」

「ある」

「じゃあ、うちに来て」

そう言うと、宮城が私の手を摑《つか》んで歩きだす。それは明らかにいつもと違う摑み方で、力が弱い。強引ではなく柔らかな触れ方で、簡単に言えば手を繫《つな》いで歩いているということになる。

今までの宮城からは考えられないことだ。

そう、絶対にあり得ない。

あまりにも自然に繫いできた手はあまりにも不自然で、私は宮城の顔をじっと見ることになる。

「なに？」

隣から平坦《へいたん》な声が聞こえてくる。

すれ違う人たちは、私たちが手を繋いでいても気にしていない。私だって、知らない誰かが手を繋いで歩いていても目に入らないからそんなものだと思う。だから、他人の目は気にならないけれど、宮城がなにを考えているのかは気になる。

「宮城、この手は？」

私は繋がれた手を軽く握る。

「はなしたほうがいい？」

「このままでいいけど、なんなの？」

「どうせもうすぐ卒業式だし、誰かに見られても関係ないから」

宮城が普段なら絶対に言いそうにないことを言う。

確かに卒業式が近い。

部屋を決めて帰ってきたら数日後には卒業式だし、卒業してしまったら、二人で会うのは放課後だけだとか、学校では話しかけないだとか、そういうルールは関係がなくなる。フライングでルールを破っても大したことはないと思うが、今の台詞《せりふ》は宮城らしくない。

「そういうのって、私の台詞じゃない？　宮城、普段はそういうこと言わないじゃん」

夏に映画を観たとき、羽美奈に二人でいるところを見られているにもかかわらずこの場所を選んだ理由も気になっているが、それ以上に彼女の台詞が気になる。

「じゃあ、はなす」

「え、ちょっと」

宮城が手を離そうとして、私はその手を逃がさないように強く掴む。いつもならそれでも強引に逃げ出す手はすぐに大人しくなった。

「行き先、うちでいいよね？」

嫌だ。

なんて言っても、今日の宮城はきいてくれそうにない。そして、私は話ができれば場所は問わない。だったら答えは一つで、「いいよ」と答える。

宮城は手を離さない。

私たちは、ぽつりぽつりと会話にならない会話をしながら歩く。改札を通り過ぎて、夏と同じように二人で電車に乗る。何駅か通り過ぎて、電車を降りる。

二月の街はまだ寒いけれど、のんびりと歩く。

春を待つショーウィンドウは華やかになりつつあって、空も明るい。宮城と手も繋いだままだ。大学に合格して、一緒にいると楽しい人間と、面白い映画を観た。この先にはいいことしかないと思えるような日なのに心が弾まない。

こういう日が冬になる前にあったら良かったと思う。

たとえば去年の夏だったら、スキップしたいくらい楽しい気分になれたような気がする。

けれど、今は夏から遠い冬だ。

私たちはゆっくりと長い時間を過ごした部屋へと続く道を歩く。

マンションに近づいて、宮城《みやぎ》が手を離す。

歩くスピードが上がって、宮城が私よりも少し前を歩く。

制服ではないスカートが目に入る。

何度も舌を這《は》わせた足がよく見える。

そう言えば最近、足を舐《な》めろという命令をされていない。

最後にそういうことをした日がいつだったか思い出せない。足を舐めたいわけではないけれど、そういう命令をする宮城に戻ればいいと思う。

エントランスを抜けて、エレベーターに乗って六階で降りる。

玄関まで一緒に歩いて、宮城が鍵を開ける。

ドアを開けて中へ入る。

宮城が先に靴を脱ぐ。

私も靴を脱いで宮城を追いかけると、部屋の前で鞄《かばん》を取り上げられた。

「仙台《せんだい》さん」

宮城が当たり前のように鞄を廊下に落とす。

壊れるようなものは入っていないけれど、あまり気分は良くない。私は落ちた鞄を拾おうとする。けれど、鞄に手が触れるより先に宮城に腕を摑まれてしまう。

「ちょっと」

顔を上げて宮城を見ると、腕を引っ張られる。

文句を言う前に宮城の顔が近づいてきて、唇が触れた。

キスは何度もしている。

でも、宮城からしてくることはほとんどなかった。

――夏休みを除けば。

夏に二人で映画を観に行った後、宮城は自分からキスをしてくるようになった。それは短い期間のことで、私たちの間から五千円がなくなることはなかったけれど、あのときほんの少し関係が変わったと思う。

今も宮城からキスをされることが嫌なわけではない。

唇は柔らかくて気持ちがいい。

私は宮城の体を引き寄せる。

距離がさっきよりも近くなる。けれど、すぐに宮城は私から体を離した。

「ここ、廊下」

宮城らしくない宮城になんと言っていいのかわからなくて、つまらないことを口にする。

「誰もいないし」

宮城がぼそりと言う。

この家で宮城以外の人を見たことがない。

いないことが当たり前で、誰もいないと言われなくてもいるとは思っていなかったからそこは心配していない。心配するとしたら、部屋ではないこんな場所で、夏休みが終わってから宮城がほとんどしてこなかったことをしてきたことだ。

今日の宮城はあの夏休みを辿《たど》っているように思える。

「なんで」

聞きたいことがいくつもあって、でも、聞かずにやめる。

宮城の手が私の頬にふわりと触れる。

指先が唇を撫《な》でて、もう一度キスをされる。

触れ合った柔らかな唇に、悪いニュースが浮かぶ。

世界が滅亡する。

いや、世界は終わらないけれど、私たちの関係は終わるかもしれない。

このキスは、宮城が望んだキスではないと思う。

キスをしたいのも触りたいのも私で、宮城ではない。今日の宮城は、私がこれまで望んできたことをしているだけだ。

私は、自分から顔を離す。

「今日の命令、まだきいてない」

早くいつもの宮城に戻さなければと思う。

手を繋ぐことも、キスすることも、終わりのための儀式だとしか考えられない。

夏休み、今日と同じように二人で映画を観に行ったのは友だちになれるか試すためだった。あの日、宮城は友だちにならないことを選び、私もそれを受け入れた。

完全に今日と夏休みが重なるわけではないけれど、宮城がなんの意味もなくあの夏休みと同じようなことを繰り返すわけがない。

「五千円渡してないから」

「そんなのいいから命令しなよ」

早く夏休みと今日を切り離したい。

「じゃあ、大人しくしててくれたらそれでいい」

宮城がくだらない命令をする。

こんなことは望んでいない。

宮城は理不尽な命令をするべきだ。

たとえば足を舐めろとか。

でも、つまらない命令をして、当然のように顔を寄せてくる。そして、自然に不自然としか感じられないキスをしてくる。

唇は、私からキスをしたときと変わらない柔らかさと熱を持っている。体温が混じり合う感覚はいつだって心地が良い。できることなら、このままずっとキスをしていたいと思う。

けれど、キスはしないほうがいい。

今日のキスには理由があるはずで、私はその理由が知りたい。終わりのための儀式だという考えを否定してほしい。

ゆっくりと宮城の肩を押す。

「あのさ、最近なんなの。おかしくない？」

落ちたままの鞄を拾って宮城を見る。

「いつもキスしたがるじゃん」

「そうだけど」

「したくない？」

「したい。したいけど……。これってなに？」

「なにって？」

「……私を喜ばせるようなことする意味を教えてってこと」

「喜ばせようとしたわけじゃない」

「じゃあ、なんなの？」

問いかけには返事がない。

宮城は、なにを考えているのか黙り込んでいる。

沈黙が続くと宮城が良くないことを言いだしそうで、私は今日話そうと決めてきたことを聞くことにする。

「答えたくないならいい。でも、今から聞くことにはちゃんと答えて」

用意してきた質問がある。

でも、それを聞く前に宮城が先回りするように喋《しゃべ》りだす。

「大学。舞香《まいか》と同じところに行くから」

素っ気ない声は、私が聞きたかったことの答えで望んでいたものを告げる。

「じゃあ――」

言いかけた言葉は、宮城に奪われる。

はっきりと言えば、口を塞ぐようにキスをされた。

宮城が私の腕を強く摑《つか》んできて、拾ったばかりの鞄が落ちる。

卒業式を区切りにした約束はどうなるのか。

口にするはずだった言葉は宮城に飲み込まれてしまう。

唇に、柔らかいけれどある程度の硬さを持ったものが触れる。軽く押しつけられて唇を開くと、珍しく宮城のほうから舌を入れてきた。舌先が触れて、私の腕を摑む宮城の手に力が入る。

私から舌を絡《から》ませると、手にさらに力が入った。

ひねくれた態度ばかり取る宮城ではなく、こういう宮城だったらいいのに、と考えたことはある。でも、考えただけだ。大学に行っても会いたい宮城はこの宮城ではない。

私は、ぴたりとくっついている宮城の体を押す。

「無理にしなくていいから」

いつもの宮城がいい。

卒業式から先の話をする宮城も、いつもの宮城ではなければ意味がない。

「無理なんてしてない」

宮城が私の首に触れる。

指先が緩やかに首筋を撫でて、ペンダントのチェーンを摑む。そして、そのままずるずるとペンダントを引っ張り出した。

「卒業式が終わったら話があるから、これ、忘れずに持ってここに来て」

そう言うと、宮城がぐいっとペンダントトップを引っ張った。

痛い。

さっきまで摑まれていた腕も、チェーンが食い込む首も酷《ひど》く痛む。

「今日はもう帰って」

そう言うと、落ちている私の鞄を宮城が拾う。

「これ」

ぐいっと鞄を押しつけるように渡される。

「宮城、次はいつ私を呼ぶの？」

「次は卒業式のあと。それより前には呼ばない。だから、絶対に忘れないで来てよ」

宮城が念を押すように言って、私の腕を引っ張る。腕は手加減をせずに引っ張られ、私

はそのまま玄関から追い出される。

バタンとドアが閉まる。

いつもは下まで送ってくれる宮城《みやぎ》が送ってくれない。

こういうときは、あまり良いことが起こらない。

私を拒絶するドアを一回叩《たた》く。

ドアは開かないし、宮城の声も聞こえない。

手をぐっと握る。

でも、ドアは叩かずにエレベーターに向かって足を動かした。

第9話　仙台《せんだい》さんと卒業式のその後で

卒業式の朝だからといって、特別なことは起きたりしない。

そんなことはわかっている。

もしかしたら、待ち伏せしているかもしれない。

そんなことを考えたりしたけれど、マンションを出たら仙台さんが待っているなんていうことはなかった。過去に家まで仙台さんが押しかけてきたことがあったから、今日もそういうことがあるかもしれないと思っただけだ。何度か送られてきたメッセージを無視したから、私のことなんてどうでも良くなったのかもしれない。

別に期待なんてしていないし、来られても困る。

私はいつもの道をいつものように歩く。

学校に着いてしまえば、制服を着てこの道を歩くのはあと一回。卒業式が終わって帰る一回だけだ。そう思うと少し寂しい。

いつだってなにかの最後は人を感傷的にさせる。

私は三月の朝にしては暖かい街を通り過ぎて、学校へ向かう。

天気が良くて気持ちが良いはずなのに、足が重い。制服も重く感じられて、歩く速度が遅くなる。必然的にいつもよりものんびりと歩くことになる。

ゆっくりと歩いても、学校がなくなるわけでも卒業式がなくなるわけでもない。仙台さんとの約束だってなくならない。

私はしゃきりとしないまま校内に入って、階段を上る。

廊下を歩いていると、騒がしい隣のクラスから仙台さんが出てくる。

彼女は卒業式の朝らしくブラウスのボタンを一番上まで留めて、ネクタイもきちんと締めていた。それは今日が終われば二度と見ることができない姿で、目に焼き付けるというわけではないけれど仙台さんに視線が釘付《くぎづ》けになった。

声をかけるわけにはいかないのに、声をかけたいと思う。

仙台さん。

呼びたくて、でも、何度も呼んだ名前は学校では声にならない。

喉に張り付いたままだ。

誰かに見られても関係ない。

二人で映画を観《み》た日、仙台さんにはそう言ったけれど約束は守るべきだ。私も仙台さんも今日までずっと約束を守り続けていれば、今こんなに憂鬱な気分になってはいないはずだ。

私は仙台さんから目をそらそうとする。

けれど、目をそらすよりも先に彼女が私に気がついた。

仙台さんが口を開きかける。

廊下に飛び交う仙台さん以外の声を排除しようと耳に神経が集まるけれど、いつの間にかやってきた茨木《いばらき》さんが仙台さんを引っ張り、彼女の声は形になる前に消えてしまう。

そして、その姿も教室に消える。

ため息すらでない。

もう答えが決まっているのに、仙台さんを見ていると迷いそうになる。

受験に関わるすべてが終わってから、卒業式が済んだらどうするかずっと考えていた。

本当は考えること自体がおかしいのだと思う。最後は決まっていて、仙台さんにもそれを伝えてある。

約束は破るものではなく守るものだ。

そう思っているのに随分と迷ってしまった。

私は仙台さんがいなくなった廊下をぺたぺたと歩いて、教室に入る。自分の席に鞄《かばん》を置いて、舞香の席へ行く。

湿っぽい雰囲気は苦手だけれど、一人ここに残ることになった亜美《あみ》が卒業式が始まる前から泣いている。舞香は、亜美に声をかけることに注力していた。

やっぱり足も制服も重い。

動くことが億劫《おっくう》に感じる。

私はなんとか口を動かして、二人におはようと声をかけて「大丈夫？」と亜美を見る。

「志緒理《しおり》〜！」

鼻の頭を真っ赤にした亜美がこの世の終わりみたいな声で私を呼んで、抱きついてくる。

「私も二人と同じ大学にすれば良かった。置いてかないでよ〜」

「会えなくなるわけじゃないし、大げさだって」

そう言って、亜美の背中をあやすように叩く。

「だって」

しくしくと泣き続けている亜美は酷い鼻声だ。

私は彼女の背中を柔らかく叩きながら、いつでも会えるだとか、夏休みに遊ぼうだとか声をかける。

その間も頭の中は仙台さんのことで一杯で、自分を薄情な人間だと思う。でも、受験が終わってからずっと彼女のことばかり考えている自分をどうにかしたいとも思っている。

「亜美、そろそろ泣き止《や》まないと顔ヤバい」

舞香《まいか》が亜美の肩を叩く。

子どもみたいに泣いていた亜美が私から離れて、「わかってる」と言いながらハンカチで目を押さえる。いつから泣いているのかわからないけれど、確かに亜美の目は腫れかけていてこれから卒業式があるというのに酷い顔をしていた。

「志緒理も」

そう言うと、舞香がポケットティッシュを差し出してくる。

「私は泣いてない」

「泣いてないけど、泣きそうじゃん」

「ほんとだ」

亜美が私を見て泣きながら笑う。

心外だ。

まだ泣いてはいない。

私は、ポケットティッシュを舞香に返して目を擦る。

今日、泣くほど悲しいことなんてない。

亜美とは違う大学になるけれど、会えなくなるわけじゃない。舞香とはこれからも一緒にいられる。

——もう会うことがなくなるのは仙台さんだけだ。

今日が終わったら私たちの関係は終わりで、もう会うことがない。

だから、卒業式が来る前にほんの少しだけ想《おも》い出をもらうことにした。彼女とカレンダーに印を付けるような行為をしたくないと思っていたけれど、終わりの日が近いなら少しくらい想い出が増えてもいいと思った。

バレンタインデーのチョコレートを渡したり、一緒に映画を観るくらいたいしたことじゃない。いつもとは違うことをしてもどうせすぐに忘れる。

記憶は残り続けるものじゃない。

いつかは薄くなるし、消えることだってある。

たった一年前のことだって、忘れていることがある。

どれくらい時間が経《た》てば高校生だった頃の記憶が薄れるのかわからないけれど、思い返すことがなければそれほど時間がかからずに消えるはずだ。

でも、今は少しくらい思い出が増えてもいいなんて思ったことを後悔している。

バレンタインのチョコレートの味。

二人で映画を観に行った日にしたキス。

何度も思い返しているし、思い出は薄れるどころか濃くなっている。

上手《うま》くいかない。

少しくらいのはずの思い出は考えていた以上に重い。

舞香の声が聞こえて現実に引き戻される。

「志緒理」

「泣いてる」

ティッシュを持った舞香の手が伸びてきて、頬を拭われる。

「……自分で拭く」

私は頬を手で拭おうとして、舞香を見る。

瞳にからかうような色はない。

さっきいらないと返したティッシュを一枚もらう。

「あの、舞香。ありがと」

「もうすぐ卒業式始まるねえ」

舞香が柔らかな声で言う。

そうだね、と亜美が鼻声で相づちを打つ。

しんみりした空気になりかけて、舞香がぱんと手を叩《たた》いた。

「そうだ。大学始まるまでに三人でどこか行こう！」

「お、いいね！」

亜美の明るい声が響く。

日付と時間、そして場所。

三人で決めてしばらくすると先生が教室にやってくる。体育館へ移動して、あっという間に卒業式が始まる。

校長先生の話だとか、外からやってきた偉い人の挨拶だとか。

去年とそれほど変わりのない話が続く。壇上から降ってくる言葉に涙することも感動することもないけれど、卒業式が作り出す仰々しいくせにどこか悲しげな雰囲気が涙腺を緩ませる。

私は目を擦って、仙台さんを探す。

でも、制服の群が邪魔をしてよく見えなくて下を向く。

三年生になっても仙台さんと同じクラスだったら、今とは違う自分になれたのか。

三年生になっても仙台さんと同じクラスだったら、彼女を信じることができたのか。

あり得ない自分が頭の中をぐるぐると回る。

ルールを破ってみんなの前で仙台《せんだい》さんに話しかけていたら、クラスが違っても、今とは違う自分になって、彼女を信じることができたのか。

考えてもわからないし、正解が見つからない。

正解があるのかどうかも定《さだ》かではないけれど。

私は顔を上げる。

壇上では、元生徒会長が答辞を読んでいた。

あれが仙台さんだったらよく見えたのに。

そんなことを考えて、頭を小さく振る。

歌を歌って、教室に戻る。

先生から卒業証書をもらう。

舞香と亜美と一緒に学校を出て、いつもとあまり変わらないくだらない話をして二人と別れる。そして、五分も経たないうちに後ろから声が聞こえてくる。

「宮城《みやぎ》っ」

振り返らなくても仙台さんの声だとわかる。

私は歩くスピードを上げる。

「宮城ってばっ！」

さっきよりも近くから声が聞こえてくるけれど、振り返ったりはしない。

「志緒理！」

大きな声で呼ばれて、仕方なく足を止める。

私は振り返って仙台さんを見た。

「名前、呼ばないでって何度も言ってるじゃん」

「こっち見ない宮城が悪い」

そう言うと、仙台さんが駆け寄ってくる。

「私、家に来てとは言ったけど、一緒に帰ろうとは言ってないよね？」

隣にやってきた仙台さんは、朝とは違ってブラウスの一番上のボタンを外して、ネクタイも緩めている。

「言われてないけど、別にいいでしょ」

「よくない。学校じゃないけど、こういうところで声かけないのも約束のうちじゃん」

「卒業式終わったし、もう関係ないでしょ。そんなルール」

仙台さんが仙台さんらしいことを言う。

いつだって仙台さんは適当で、軽い。

卒業式の今日もまったく変わらない。

「ある。後ろからついてきて」

「わかった」

あまりわかっていないような口調でそう言うと、仙台さんがぴたりと止まる。でも、すぐに歩き出して私の隣にやってくる。

「後ろからついてきてって言ったじゃん」

「後ろからついていってるって」

私の言葉に従っているようには見えない仙台さんを睨《にら》む。

「よく見なよ」

反省の欠片《かけら》もない声に仙台さんをよく見ると、彼女は本当にほんの少しだけ後ろを歩いていた。

「そういうことじゃない」

「そういうことにしておきなよ。制服着て一緒に帰るなんてこと、これからもうないんだし」

制服はもう着る機会がない。

仙台さんと一緒に帰る機会だってない。

そう思うと、彼女の言い分を受け入れてもいいような気がしてくる。けれど、納得できない。

「仙台さん」

足を止めて仙台さんを見ると、卒業式があったというのにいつもとまったく変わらない彼女も足を止めた。

「なに？」

今日、私が仙台さんに言うことは決まっている。仙台さんも、私がなにを言うかなんてわかっていると思う。それでも、彼女は悲しそうな顔をしていない。私は、こういうときも平気そうな顔をしている仙台さんにむかつく。

別に、仙台さんに泣いてほしいわけでも悲しそうな顔をしてほしいわけでもない。少しだけ、いつもとは違う顔をしてほしいだけだ。

「仙台さん。卒業式、泣いた？」

「泣かない」

仙台さんがにこりと笑う。

先を考えると不安が大きくなる理由はわかっている。

これからも今と同じように会うことにしたって、大学に行ったら今とまったく同じにはならない。私は仙台さんとは違う大学へ行って、違う生活をすることになる。それは、同じ学校に通っている今のように学校で顔を見かけるようなこともないということだ。仙台さんと会うといってもそれは時々で、私はその時々会う仙台さんのことしか知ることができない。

そして、たぶん、仙台さんはなにを聞いても今みたいに平気そうな顔しかしない。

そういう仙台さんを許せないと言ったら、彼女はどんな顔をするだろう。

私は、私の知らない仙台さんがいることを許せそうにない。

ほんの少しの想い出を作っている間にわかったことはそんなことで、きっと仙台さんはそういう私を受け入れてくれないし、彼女に対してこんなことを思う私は普通じゃない。

「卒業式、宮城は泣いた？」

明日も同じ日が続きそうな声で仙台さんが聞いてくる。

「泣くわけないじゃん」

仙台さんをどこかに閉じ込めておくなんて現実的ではないし、不可能だ。だったら、約束通り今日を終わりの日にしたほうがいい。

「そっか」

私たちは映画を観《み》た日のように二人で家に向かう。

でも、映画を観た日とは違って手は繋《つな》がない。

「寄り道してく?」

仙台さんがいつもと同じ顔で、車道の向こう側にある店を指さす。

「しない。このまま帰る」

「わかった」

歩くスピードを上げる。

仙台さんが当然のように私のほんの少し後ろ、それはもう隣といっていい場所を歩く。後ろからついてきてという私の言葉は無視されている。あまり気分は良くないけれど、歩く速度を変えずに家へ向かう。

話は弾まない。

ぽつり、ぽつりと、卒業式とは関係のない話をする。

家が段々と近づいてくる。

会話がなくなる。

家は遠くなったりしない。一歩歩けば一歩分近くなる。

マンションに着いて、エントランスを抜けて、エレベーターに乗る。六階で降りて、家の前まで一緒に歩く。ドアを開け、玄関でコートを脱ぐ。先に部屋へ入ってエアコンを入れると、私の後をついてきた仙台さんがブラウスの上から二番目のボタンを外した。でも、ブレザーは脱がない。

私は、仙台さんの緩められたネクタイを見る。

彼女は、エレベーターの中でまったく喋《しゃべ》らなかった。廊下も黙って歩いていたし、今も黙っている。いつもと変わらない平気な顔をしているくせに、ちょっとしたことがいつもと違うから落ち着かない。

ベッドの前、いつもの場所に仙台さんが座る。

「なにか持ってくる」

近寄って声をかけると、仙台さんがやけに真面目な顔をした。

「後からでいいよ。話あるんでしょ」

真《ま》っ直《す》ぐに視線を向けられ、仕方なく彼女の斜め前に座る。

「隣に座りなよ」

仙台さんが不満そうに言う。

「ここでいい。それより、ネックレス持ってきた？」

「持ってきたっていうか、つけてる」

仙台さんが私に少し近づいて、ボタンを外したブラウスの襟を引っ張る。

胸元が少しだけ開いて、銀色のチェーンが見える。

　今日は五千円を渡していない。見せてと命令する権利のない私に文句も言わずにネックレスを見せてくれたのは、仙台さんも今日が最後の日だとわかっているからかもしれない。

「それ、返して」

「どうして？」

「命令の期限が切れたから」

　仙台さんにネックレスを渡したとき、『学校でも家でもつけていて』と命令した。そのとき、期限が『卒業式まで』であることも告げたはずだ。約束をずっと守り続けていた仙台さんが、期限だけを忘れているはずがない。

　期限が切れた命令なんて、守る必要のないものだ。

　ネックレスは私があげたものだし、用がなくなったらそれを回収する権利があると思う。

「参考までに聞きたいんだけど、返したらどうなるの？」

「ネックレスは捨てるし、仙台さんとはこれで終わり」

「終わりってどういうこと？」

　今初めて聞いたかのように、仙台さんがわかっているはずのことを聞いてくる。

「仙台さんとはもう会わない」

「宇都宮《うつのみや》と同じ大学に行くなら、いつでも会えるのに？」

「最初から卒業式までって約束じゃん。いつでも会えるとしても会わないし、ネックレス返してよ」

「返したら捨てるんでしょ？　勿体《もったい》なくない？」

往生際《おうじょうぎわ》が悪い。

今日、私が言うことなんてわかっていたはずだし、卒業式までと約束もしていた。ネックレスを返すという約束まではしていないけれど、仙台《せんだい》さんが抵抗するほどのことじゃない。首輪みたいなものは捨ててしまったほうが仙台さんにとってもいいはずだ。

「勿体なくなんてないから返して」

私は催促するように手を出す。

「ほんと、宮城《みやぎ》ってケチだよね」

そう言うと、仙台さんが大げさに息を吐き出した。

そして、ゆっくりとネックレスを外す。

「はい」

テーブルの上にネックレスが置かれる。

私は銀色のそれに手を伸ばす。でも、手が触れる前に仙台さんが「その前に」と言った。

「宮城に見てほしいものがあるから、ちょっと待って」

「見てほしいもの？」

「そう」

　これなんだけど、と言いながら、仙台さんが鞄《かばん》からなにかを引っ張り出してネックレスの隣に置く。

「……手紙？」

　テーブルの上に置かれたそれを正確に言うなら、桜色の封筒で、表にはなにも書かれていない。厚みがなくて軽そうで、中身は便せんかなにかだとしか思えない。

「違う。中、見ていいよ」

　私は、手紙が入っていることをあっさりと否定された封筒を手に取ってひっくり返す。裏になにかが書かれているわけでもなく、封もされていない。糊《のり》もシールもついていないぺらぺらの封筒は簡単に開けることができて、中からやっぱりぺらぺらの紙が一枚出てきた。

　手紙ではない紙は、便せんではない。

　コピー用紙のようなもので、四つ折りにされている。

　一回、二回と畳まれた紙を開くと、そこには予想しなかったものが描《か》かれていた。

「仙台さん、これ。……なに？」

紙に描いてあるものは、初めて見るものじゃない。

これまでに何度か見たことのあるもので、でも今、この状況で見るようなものではなかった。

「部屋の間取り」

落ち着いた声が聞こえてくる。

「それは見たらわかるけど」

「じゃあ、いいじゃん」

「良くない。なんで今、封筒から部屋の間取りが出てくるのって話をしてる」

「宮城の部屋の間取りだから、宮城に見せないと意味がないでしょ」

まったく意味がわからない。

仙台さんは平然とした顔をしているが、言っていることはめちゃくちゃだ。彼女のすることは理解できないことが多いけれど、その中でも一番理解できない行動と言葉だ。おかげで、私は封筒から出した紙をもう一度見ることになる。

部屋は二つ。

それとは別にキッチンやダイニング、バスルームもあるからそれなりの広さがある。

「これ、一人で住むには広いんだけど」

いろいろ言いたいことはあるけれど、目の前の紙から得た情報の中からおかしなところを一つ挙げる。

「二人で住むには広いけど、二人で住むなら丁度いいと思わない？」

「――二人って？」

次に仙台さんがなにを言うかは予想ができた。

でも、聞かずにはいられなかった。

「私と宮城。寮はやめてさ、一緒に住もうよ。場所はお互いの大学の中間地点になるから、通うのはちょっと時間がかかるかもしれないけど」

仙台さんがほんの少し早口で、途切れることなく喋り続ける。

「宮城のこの部屋に比べたら狭くなるけど綺麗《きれい》だし」

「仙台さん」

「あ、鍵は、引っ越しのときにもらうことになってるから。後から宮城にも渡す」

「仙台さんっ」

「私の親には宮城と住むって言ってある。うちの親、あんまりそういうこと気にしないからさ、勝手にしなさいって」

「仙台さんっ！　私、一緒に住むなんて言ってないし、部屋探してなんて頼んでない。大体、部屋を契約するときってお金いるよね？　私の分、誰が出したの？」

疑問だらけでどこから突っ込めばいいのかわからないけれど、とにかく喋り続ける仙台さんを止める。

私は、間取りが描かれた紙を見る。

仙台さんがこの部屋を一人で探しに行ったとは思えない。親と探しに行ったはずで、契約は親がしたはずだ。でも、仙台さんの親が私の分までお金を払うわけがない。

「貯金箱から出した」

当たり前のように仙台さんが言って、私は彼女をじっと見た。

「貯金箱？」

「宮城からもらった五千円。あれ、全部貯金箱に入れてたから」

「入れてたって。——使ってなかったってこと？」

渡したお金に興味はなかった。

いくら渡したか数えたことはなかったし、その使い道を聞いたこともない。どう使おうと彼女の自由だし、使っているものだとばかり思っていた。

「使う必要なかったし。だから、貯金箱に入れてたお金、宮城から預かってきたお金だって言って親に渡した」

命令の対価として私が渡した五千円を私の為《ため》に使う。

仙台さんがそういうことをする人だとは思わなかった。

大体、使わない五千円のために私の家に来て命令をきいていたなんてどうかしている。

まともじゃない。

「仙台さんって、頭いいくせに馬鹿だよね」

私は間取りが描かれた紙を四つに折って、机の上に置く。

「馬鹿でいいから、どっちにするか選んで」

「選ぶって、なにを」

本当は聞かなくてもわかっているけれど、尋ねる。

「ペンダントと封筒、好きなほう選びなよ。私は宮城が選んだほうに従う。宮城がペンダントを選んだら、もう宮城には会わない。見かけても声をかけたりしない。会うのは今日でおしまい」

「封筒を選んだら？」

「宮城は私と一緒に住む」

仙台さんは絶対に選ばない。

いつも選択肢を用意して、私に選ばせる。

そして、彼女が選択肢を用意するときは、私の答えも決められている。私の意思なんか関係なく、仙台さんがそれを選ばせる。

今日もそうだ。

仙台さんは、私に封筒を選ばせようとしている。

でも、選ぶならネックレスだ。

お互い、そのほうがいい。

仙台さんは私という存在に縛られていないほうがいいし、私だって仙台さんのことを忘れて新しい生活に馴染《なじ》んだほうがいい。今日までのことはただの気まぐれで、大人になったらあんな馬鹿なことをどうしてしていたんだろうと振り返る程度のものだ。大学生になってまで引きずるような関係じゃない。

答えは初めから決まっている。

それでも私は答えを口にする前に仙台さんに問いかける。

「聞いてもいい？」

「いいよ」

「部屋、なんで勝手に決めてきたの？」

「なんでって。こうでもしないと、宮城が二度と会ってくれないと思ったから。あと一応、連絡はした。宮城、出なかったけど」

映画を観に行った後、何度かあった連絡。

そのうちのいくつかは、仙台さんが部屋を探しに行くと言っていた期間にあった。なにをしているのかとか、電話に出ろとか、そんな内容だったから無視していたけれど、私と住む部屋を探しに行っているのだと知っていたら、絶対に返事をしたし、仙台さんを止めていた。

「私、寮に入るって言った」

連絡を無視したことには触れずに、仙台さんに文句を言う。

彼女は話をややこしくしている。

本当なら、今日を境に会うことはないという単純な話をしてすべてが終わるはずだった。

「宮城。寮みたいなところ、苦手でしょ」

「……苦手でもなんとかするし」

お母さんが私を置いて出て行っても、お父さんが家に帰ってこなくても、私はそれに慣れてなんとか生きている。好き好んで寮に入るわけではなくても、いつかは慣れて、なんとかなるに違いない。そして、環境が変わる瞬間は一つの区切りになるもので、仙台さんを切り離すなら今しかない。

「寮で無理するより、私と住んだほうがマシだと思うけど。他人と生活するくらいなら、私にしときなよ」

これから四年間、ずっと仙台《せんだい》さんといてもいいことなんてない。

仙台さんは新しい生活にすぐに馴染むだろうし、大学が始まれば私といたって私のことは後回しになる。私だって寮に入って新しい生活を始めれば、仙台さんのことばかりを考えてはいられない。きっと忙しくなるだろうし、彼女のことを思い出すこともなくなり、私につけられた印も記憶もいつかは薄れる。

だから、仙台さんとは別の生活に慣れる努力をしたほうがいい。

今すぐは無理でも、時間がかかっても、仙台さんが薄れて上書きされて消えてしまう日を待つべきだ。

絶対に、そうしたほうがいい。

それでも。

それでも、聞かずにはいられない。

「封筒。……選ばなかったら、仙台さんはどうするの?」

私は桜色の封筒を見る。

春の色をしたそれは本物の桜のように綺麗で、仙台さんみたいだと思う。

「誰か一緒に住んでくれそうな人探すから、気にしなくていいよ。大学に行ったら、ルームシェアしたい人くらいみつかるでしょ」

花びらが風に舞うようにふわりと仙台さんが言う。

深刻さの欠片《かけら》もない声が私の心をざわつかせる。

仙台さんが私の知らない人と住む。

私の知らないところで、私の知らない人と生活をして、そういう全部を知らないまま私は二度と仙台さんに会えない。

そういうことを許せないと思う私がいる。

右手で左手の甲を摑《つか》む。

そのままぐっと爪を立てる。

仙台さんが誰と住もうと関係がないし、私には口を出す権利がない。

わかっている。

でも、許せない。

嫌だと思う。

右手に力を入れる。

痛い。

胸の奥まで痛くて、息が上手《うま》くできない。
今、仙台さんがどんな顔をしているのか。
知りたいけれど、封筒から視線を上げることができない。
「……そんなの、適当過ぎる」
なんとか声を出す。
けれど、仙台さんが私の知らない人と住むなんて嫌だ、とは言えない。
「宮城《みやぎ》だって適当じゃん。寮が無理だったら、そのとき考えるんでしょ」
寮に入りたいわけじゃない。
本当は他人と暮らすなんて無理だと思う。
でも、仙台さんと暮らす理由が見つからない。
友だちではない私たちは、元クラスメイト以外にはなれない。
「封筒選んだら――」
どうなる？
答えは聞いたはずなのに頭の中で上手く処理できなくて、何度でも聞きたくなる。
私は静かに息を吸って、吐く。
そして、封筒から外すことができなかった視線を上げる。

「仙台さんは、友だちでもなんでもない私と住むの？」

「宮城、知らないの？　ルームメイトって友だちじゃなくてもなれるって」

そう言うと、仙台さんがテーブルの上に置いた四つ折りの紙を封筒にしまう。

「舞香《まいか》は？　舞香にはなんて言えばいいわけ」

「それは宮城が決めることだから。で、封筒とペンダント、どっちにする？」

封筒とネックレス、二つに一つで。

私が選んだら、仙台さんはそれを受け入れる。

どうしよう、どうしよう、どうすれば。

――どうすれば、後悔しない？

「宮城、決めて」

急《せ》かすように仙台さんが言う。

私はテーブルに向かって手を伸ばす。

封筒とネックレスを見て、ネックレスを手に取る。

仙台さんが小さく息を吐き出す。

「後ろ向いて」

じっと私を見ている仙台さんに告げると、彼女は黙って後ろを向いた。

私は彼女に近づく。

ネックレスのクラスプを外して、仙台さんの首にかける。

あるべき場所に銀色のチェーンが収まって、髪に隠れる。

別にルームメイトになりたいわけじゃない。

でも、友だちでもなんでもない私たちが今とは違うなにかになることは悪くないことのように思える。

私は仙台さんの背中に話しかける。

「――四年間だけだから。四年間だけならルームメイトになってあげてもいい」

せっかく仙台さんを解放してあげようと思ったのに、わざわざ封筒なんて用意してくるからこんなことになる。

本当に仙台さんは馬鹿だ。

私は長い髪を一房手に取って、軽く引っ張る。

「宮城」

髪から手を離すと仙台さんが振り向こうとするから、私はこっちを向かないように彼女の頭を押さえて前を向かせる。

「それって、封筒を選ぶってこと?」

「ネックレスを選んだほうがいいならそうする」

なるべくいつもと変わらない声で言うと、仙台さんが頭を押さえている私の手を摑んだ。

「宮城。四年って区切るなら、留年しないように頑張りなよ」

「ほんと、仙台さんって一言多いよね」

こういうとき、もっとほかに言うことがあると思う。それがなにかはわからないけれど、留年しないようにという言葉が不適切であることは間違いない。

「この手、はなして。私もはなすから」

仙台さんがそう言って、摑んだままの私の手を一度強く握ってから離した。仕方なく言われた通りに手を離すと、仙台さんが私のほうを向く。そして、当然のように手を握ってきた。

「これから志緒理《しおり》って呼んでいい？」

「やだ」

「宮城のけち」

「仙台さん、うるさい」

私の声に、くすくすと仙台さんが笑う。

本当に仙台さんはいらないことしか言わない。

でも、四年くらいなら。

それくらいなら、そういう仙台さんと一緒に過ごしてもいい。

私は繋《つな》がれたまま離れない手を握り返した。

あとがき

「週に一度クラスメイトを買う話」４巻を手に取ってくださり、ありがとうございます。

本作は、ウェブ連載小説に加筆修正、書き下ろしを加え、書籍化したものです。

今回もＵ３５先生が描いてくださった宮城《みやぎ》と仙台《せんだい》とともに４巻が発売されることになりました。４巻は、宮城と仙台が高校を卒業する一つの区切りとなる巻でもあります。無事発売することができてほっとしています。

さて、そんな４巻発売までに嬉《うれ》しいことが！

「週に一度クラスメイトを買う話」が〝つぎラノ〟こと『次にくるライトノベル大賞２０２３』の文庫部門８位にランクインしました。応援してくださった皆様、本当にありがとうございます。〝このラノ〟こと『このライトノベルがすごい！２０２４』に続き、ランクインすることができました。本当に嬉しいです。

週に一度クラスメイトを買う話の特設サイトでは、つぎラノとこのラノのランクインを記念した書き下ろしＳＳが公開されていますので、読んでいただければと思っています。

２０２２年に「週に一度クラスメイトを買う話」の書籍化が決まってから、今日まで本当にいろいろなことがありました。Ｕ３５先生にイラストを描いていただけることが決まったり、右腹《みぎはら》先生にコミカライズを担当していただけることが決まったり、宮城と仙台に声が付いたり……。このラノやつぎラノのランクインも含め、あまりにいろいろなことがありすぎて時が爆速で過ぎていき、あっという間に２０２４年になってしまいました。年が明けてからもわくわくすることがたくさんあり、ここまでの時間もとても短かったです。

週クラはコンテスト等にいくつか参加しましたが、なかなか書籍化まで辿《たど》り着くことができませんでした。あと一歩だったり、レーベルカラーに合わないと言われたり。

ほかにもたくさんのことがありましたが、こうして宮城と仙台の物語が本になったのは、皆様が週クラを見つけて読んでくださったからです。皆様の応援がなければ、第７回カクヨムＷｅｂ小説コンテストで読者選考を通過することはできませんでしたし、書籍の巻数を重ねることもできませんでした。本当にありがとうございます！

そして、担当編集さんにお伝えしたいことが……。

週クラのコンテストへの参加は、第７回カクヨムＷｅｂ小説コンテストが最後のつもりでした。担当編集さんが週クラを見つけてくださらなければ書籍化されることはありませんでした。本当にありがとうございます。感謝しています！
こういうことを伝えることが苦手で、担当編集さんに言うタイミングを逃し続けているうちに4巻になってしまい、もう公開でお礼する道しか残されていませんでした。……ので、完遂しました。

最後になりましたが、4巻を読んでくださった皆様、ウェブで応援をしてくださった皆様、U35先生、担当編集様、様々な形で本作に関わってくださった皆様。多くの方々に心より感謝いたします。そして、友人Nに感謝を。いつも相談に乗ってくれてありがとう！

それでは、また5巻のあとがきでお会いできたら嬉しいです！

羽田宇佐

番外編　この部屋に春が来て仙台さんは

去年の今頃は春休みだった。

今年は春休みじゃない宙ぶらりんな日々を過ごしている。

私は高校の卒業式が終わって大学の入学式が来るまでのこの時間をなんと呼べばいいのかわからないし、高校生活を終えたものの大学生とは呼べない自分が何者なのかもわからない。

はあ、と息を吐き出して、床に座ったまま段ボール箱だらけの部屋を見回す。

こういう未来は想定していなかった。

地元の大学へ行くつもりだった私は、この部屋から大学に通うつもりだった。でも、ここを離れて舞香と同じ大学へ行くことになり、寮に入るはずがそうはならず、この部屋を出て行く準備が必要になっている。

県外の大学へ行くから引っ越ししないわけにはいかないけれど、こんなにも大掛かりな引っ越しになるとは思っていなかった。

寮に入らずに仙台《せんだい》さんとルームシェアをする。

予定が変わったことで寮に入るよりも荷物が必要になって、私の部屋が段ボール箱だらけになっている。大きなものは引っ越し先で買い揃《そろ》えることになっているけれど、持っていく荷物がそれなりにある。はっきり言って面倒くさい。できれば、荷造りなんてしたくないと思う。

お父さんは引っ越し業者に荷造りもしてもらえばいいと言ってくれたけれど、この部屋のものは触られたくない。そうなると自分で荷造りをするしかなくて、今こうして段ボール箱に荷物を詰めている。

問題は、詰めても詰めても荷造りが終わらないことだ。

持っていくものが決まりきらないまま荷造りを始めたことに原因があるのは明白なのだけれど、引っ越し先でなにが必要なのかよくわからないから仕方がない。

「本、どうしよ」

立ち上がって本棚の前に立つ。

全部持っていくのは現実的ではないし、引っ越し先でも本が増えることは目に見えている。そう考えると、この中からどうしても持っていきたい本を選ぶしかない。

難しい。

読み返したい本がたくさんある。

この部屋がなくなるわけではないから、置いていった本はずっとここに残り続ける。それでも帰ってこなければ読めないと思うと、置いていく本を選べなくなる。

「全部持っていけたらいいのに」

本であっても、置き去りにするということに罪悪感を覚える。

私がここに残ることを選べば本を置き去りにすることも、荷造りをすることもなかった。

でも、そういう未来は選ばなかった。おかげで、持っていくものと置き去りにするものを選別する作業を続けることになっている。

本の背表紙をじっと見る。

右端の本に「持ってく」と告げる。

その隣の本にも「持ってく」と告げて、その隣には「置いてく」と告げる。

憂鬱だ。

こうして本を選別していると、いつか私も仙台さんにより分けられて置いていかれそうな気がしてくる。

ルームシェアをする期間は四年間だ。

でも、四年も持たずに終わる可能性もある。

私は頬をぱちんと叩《たた》く。

考えると、始まる前から不安になってくる。けれど、今は大学に入学してからの四年間を心配することより優先しなければならないことがあって、それは荷造りだ。

私は持っていくと決めた本を取り出して、段ボール箱に詰める。

また持っていく本と置いていく本を決めて何冊か段ボール箱に詰める。

そんなことを繰り返していくと、一冊の漫画で手が止まる。

「……これ、仙台さんが初めてここに来た時に読んだやつだっけ」

エロいだとか、大きい声で読むようなものじゃないだとか。

仙台さんに漫画を声に出して読んでと命令したら、文句を言いながら読んでいた。

あの日、私は仙台さんの放課後を五千円で買うことにした。

私は、仙台さんが文句をつけた漫画を本棚から取り出す。持っていくと決めたわけではないけれど、とりあえずワニのティッシュカバーが入っている段ボール箱の上に置く。

「ちょっと休憩」

荷造りは一向に進まない。

本当は休んでいる暇はないのだけれど、やる気がでない。

床に座り込むと、置きっぱなしになっていたアルバムが目に入る。それは、デジタルカメラやスマホで撮影した写真の中からよく撮れているものをプリントして整理したもので、過去の私がたくさんしまわれている。

赤ちゃんの私。

お母さんが写っている。

一歳の誕生日。

お母さんが写っている。

二歳の誕生日。

お母さんが写っている。

長い間開いていないけれど、どんな写真があるか覚えている。

入園式や卒園式、入学式の写真もあって、お母さんがたくさん写っている。でも、ある時を境にずっといたお母さんがいなくなる。ときどき写っていたお父さんもいなくなり、過去が途切れる。撮った写真はプリントされなくなり、写真自体も撮られなくなって、私はアルバムを見なくなった。

少し迷ってから、アルバムを段ボール箱の上へ置く。

荷造りは、普段見ないものも目に入って良くない。

手が止まってばかりで終わらないし、どんどん心が重くなっていく。

「持ってくもの決めるの、面倒くさい」

この部屋には仙台さんの制服のブラウスなんてものもあって、なにを持っていけばいいのか迷ってばかりいる。しかも引っ越しの予定日はもう少し先で今すぐというわけじゃないから、なにもかも段ボール箱に詰めたら明日着る服がないなんてことになる。

私はのろのろと立ち上がってベッドに寝転がる。

段ボール箱だらけの部屋は息苦しい。

早く荷造りという苦行から解放されたいと思う。

ため息を一つついて、枕の横にいる黒猫のぬいぐるみを手に取る。そして、頭を撫《な》でて話しかける。

「……私と引っ越しする？」

黒猫は返事をしない。

クリスマスプレゼントとしてこの黒猫を持ってきた仙台さんだったらなにか言いそうなのに、黒猫は無口だ。少し話し相手になってくれたら気分が晴れるかもしれないと思うが、なにを聞いてもいつも返事をしてくれない。

私は黒猫を元いた場所に戻して、目を閉じる。

眠たいわけではないけれど、まぶたで作られた暗闇の中を漂っているとうとうとしてくる。

意識が沈んで、浮かぶ。

スマホの着信音が聞こえてくる。

一回、二回、三回。

着信音は途切れない。何度も何度も鳴って、鳴り止《や》まない。仕方なく目を開けて体を起こす。立ち上がってテーブルの上に置いてあるスマホを取って電話に出る。

「仙台さん、しつこい」

スマホの画面に表示されていた名前と一緒に文句を言う。

「いきなり失礼じゃない？　心配して電話したのに」

「わざわざ電話してくるほど心配するようなことないと思うけど」

ベッドに腰掛けて、つま先で床をトンッと蹴る。

「宮城《みやぎ》、入学式に間に合わないんじゃないかと思って」

「なにそれ」

「引っ越しの準備が間に合わなそうで心配してる。準備、手伝いに行こうか？」

仙台さんが軽くも重くもない声で言う。

本当に心配しているのか疑わしいけれど、冗談にも聞こえない。なんにしても手伝いはいらないから一人でできると伝える。

「大丈夫。間に合うように引っ越し屋さん予約してるし、荷造りしてる」

「そっか。荷造り面倒だし、入学式もどうでもいいとか言いそうで気になってた」

当たらずといえども遠からずだから、仙台さんは鋭い。

実際、荷造りは面倒で仕方がない。

入学式はもともとそれほど好きではない。

入学式と卒業式は二つで一つのもので、始まりと終わりを繋《つな》いでいる。それは始まったものはいつか終わるということだから、入学式も卒業式もあまり楽しいものじゃない。

入学式が近づいていると思うと、なにもかもがくすんで見えてくる。どんよりとした雲が私を覆い、ざあざあと雨を降らしてきそうで沈んだ気持ちになる。

「そういえばさ、宇都宮《うつのみや》たちには私とルームシェアすること言ったの？」

仙台さんが私の気持ちをさらに沈ませるようなことを言う。

「そんなの、仙台さんには関係ないじゃん」

舞香《まいか》と亜美《あみ》にどう言えばいいのかわからないから、私は寮に入るという当初の予定を訂正しないまま過ごしている。このまま寮に入ったことにしてルームシェアのことは黙っておきたいけれど、同じ大学に舞香がいるからいつまでも黙ったままではいられない。

でも、ルームシェアをすることを伝えたら、相手が誰なのか絶対に追及される。だから、私は仙台さんとルームシェアをするに至った当たり障《さわ》りのない理由を探している。

「仙台さんこそ、茨木《いばらき》さんたちに私のこと言ったの？」

悩んでいるのは私だけじゃないと思う。

仙台さんだって、学校では接点がなかった私とルームシェアをするに至った理由を友だちに説明しなければいけないはずだ。

「宮城はどうしてほしい？」

「それ、どういうこと？」

「友だちとルームシェアするって言ったけど、誰かは誤魔化してある。みんなこっちに残るし、どうしても言わなきゃいけないわけじゃないから。それに宮城と住むって言ったら、面白がって遊びに来そうだし。でも、宮城が言ったほうがいいと思うなら、誰とルームシェアするか言うけどどうする？」

聞こえてくる声はいつもと変わりがなく、悩みの片鱗《へんりん》すら見えない。

「……言わなくていい」

ずるい。

茨木さんたちが遊びに来たら困るのは私で、仙台さんじゃない。最初から答えが決まっている質問をするなんて、意地悪だと思う。

「宮城はどうせまだ言ってないんでしょ」

「むかつく」

本当に仙台《せんだい》さんはずるい。

結局、悩んでいるのは私だけだ。

でも、今はまだ舞香や亜美に伝えなくてもなんとかなるから、問題は先送りにしておけばいい。

「まあ、宇都宮たちにルームシェアすることを伝えるのは手伝えないけど、引っ越しの準備は手伝えるからいつでも言って」

「気持ちだけでいい」

荷造りは想《おも》い出の整理に似ている。

面倒くさいけれど、手伝いはいらない。誰にも触られたくないから、散らかった部屋は自分で片付けたい。

「宮城」

仙台さんが静かに私を呼ぶ。

「なに？」

「……先に向こうで待ってるから」

スマホの向こうから、柔らかな声が聞こえてくる。

「うん」

私の中には不安がたくさんある。

探さなくてもすぐに見つかるほど、仙台さんとのルームシェアへの不安が転がっている。

でも、自分で決めた。

仙台さんと暮らすことはいいことばかりじゃないだろうけれど、楽しいこともあるはずだ。不安は消えないが、封筒を選んだことは後悔していない。

「またね」

仙台さんが言って、私も「またね」と返す。

電話が切れて、仙台さんの声も消える。

私は枕元でくつろいでいる黒猫のぬいぐるみを手に取る。

「一緒に行こっか」

立ち上がって、黒猫と一緒に段ボール箱だらけの部屋を見る。

高校の入学式があった日は、こんな日がくるとは思わなかった。

大学生になるかどうかもあやふやだった私は、誰もいないこの家でずっと過ごし続ける

のだと漠然と思っていた。それが二年生の七月、偶然と気まぐれが重なって、仙台さんがこの部屋にくるようになった。三年生になっても仙台さんはこの部屋に来続けた。

そして、私たちを区切る卒業式が来て、仙台さんはもうここには来ない。この部屋に春が来て、仙台さんに五千円を渡す生活も、命令する生活も終わった。

仙台さんが数え切れないほど来た部屋との別れが近づき、入学式が近づいている。

でも、仙台さんとは終わらない。

もうすぐ新しい生活が始まる。

いつも誰かがいる部屋で。

次回予告

新しい土地で始まる、新しい日常。
それは、"彼女"が隣にいる日々。
私たちの間にルールはもうなくて、
だからこそ、どこか居心地が悪い。
前よりずっと近くにいるのに、
前よりずっと距離の取り方が分からない。
彼女との生活は、
まだ始まったばかり――。

週に一度
クラスメイトを
買う話
5巻 ～大学生編～

2024年
秋発売予定

お便りはこちらまで

〒一〇二－八一七七
ファンタジア文庫編集部気付
羽田宇佐（様）宛
U35（様）宛

富士見ファンタジア文庫

週《しゅう》に一度《いちど》クラスメイトを買《か》う話《はなし》4
～ふたりの時間《じかん》、言《い》い訳《わけ》の五千円《ごせんえん》～

令和6年4月20日　初版発行

著者――羽田宇佐《はねだうさ》

発行者――山下直久
発　行――株式会社KADOKAWA
〒102-8177
東京都千代田区富士見2-13-3
0570-002-301（ナビダイヤル）
印刷所――株式会社暁印刷
製本所――本間製本株式会社

ISBN978-4-04-075380-5 C0193 ◇◇◇

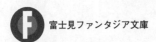

これは世界を救う

1

久遠崎彩禍。三〇〇時間に一度、滅亡の危機を迎える世界を救い続けてきた最強の魔女。そして——玖珂無色に身体と力を引き継ぎ、死んでしまった初恋の少女。

無色は彩禍として誰にもバレないよう学園に通うことになるのだが……油断すると男性に戻ってしまうため、女性からのキスが必要不可欠で!?

シン世代ボーイ・ミーツ・ガール!

王様のプロポーズ

King Propose

橘公司
Koushi Tachibana

[イラスト]——つなこ

最強の初恋
シリーズ
好評発売中!
ファンタジア文庫

騙しあい。

各国がスパイによる戦争を繰り広げる世界。任務成功率100%、しかし性格に難ありの凄腕スパイ・クラウスは、死亡率九割を超える任務に、何故か未熟な7人の少女たちを招集するのだが――。

シリーズ
好評発売中！

ファンタジア文庫

世界最強の
“不可能任務”に挑む少女たちの
痛快スパイファンタジー！
スパイ教室
竹町
illustration
トマリ

ティナ
四大公爵家の
ひとつ、ハワード家に
生まれた公女殿下。
なぜか誰でも扱える
程度の魔法すら使う
ことができない。
変える
はじめましょう
アレン
公爵令嬢ティナの
家庭教師を務める
ことになった青年。魔法
の知識・制御にかけては
他の追随を許さない
圧倒的な実力の
持ち主。
発売中!

「す、好きです!」「えっ? ススキです!?」。
陰キャ気味な高校生・加島龍斗は、
スクールカースト最上位&憧れの白河月愛に
罰ゲームきっかけで告白することになった。
予想外の「え、だって今わたしフリーだし」という理由で
付き合うことになった二人だが、
龍斗はイケメンサッカー部員に告白される
月愛の後をつけて盗み聞きしてみたり、
月愛は付き合ったばかりの龍斗を
当たり前のように自室に連れ込んでみたり。
付き合う友達も遊びも、何もかも違う2人だが、
日々そのギャップに驚き、受け入れ合い、
そして心を通わせ始める。
読むときっとステキな気分になれるラブストーリー、
大好評でシリーズ展開中!

ありふれた毎日も
全てが愛おしい。

済みなキミと、
ゼロなオレが、
き合いする話。

ファンタジア文庫
何気ない一言も
キミが一緒だと
経験
経験
お付
著／長岡マキ子
イラスト／magako

双星の
無名の青年が天下無双の大活躍！
彼の前世は、最強の英雄だ！
華流転生ソードファンタジー。

シリーズ好評発売中！
天剣使い
HEAVENLY SWORD OF
TWIN STARS
名将の令嬢である白玲は、
一〇〇〇年前の不敗の英雄が転生した俺を処刑から救った、
才ある美少女。
それから数年後。
始まった異民族との激戦で俺達の武が明らかに――！
最強の白×最強の黒の英雄譚、開幕！
ファンタジア文庫

切り拓け！キミだけの王道
ファンタジア大賞
原稿募集中！
賞金
《大賞》300万円
《金賞》50万円
《銀賞》30万円
選考委員
細音啓「キミと僕の最後の戦場、あるいは世界が始まる聖戦」
橘公司「デート・ア・ライブ」
羊太郎「ロクでなし魔術講師と禁忌教典《アカシックレコード》」
ファンタジア文庫編集長
前期締切 8月末日
後期締切 2月末日
公式サイトはこちら！ https://www.fantasiataisho.com/
イラスト／つなこ、猫鍋蒼、三嶋くろね